王江山————

著

上海文艺出版社
Shanghai Literature & Art Publishing House

图书在版编目（CIP）数据

量子图灵/王江山著．—上海：上海文艺出版社，
2018（2022.4重印）
ISBN 978-7-5321-6695-4

Ⅰ．①量… Ⅱ．①王… Ⅲ．①中篇小说－小说集－中
国－当代 ②短篇小说－小说集－中国－当代 Ⅳ．
①I247.7

中国版本图书馆CIP数据核字(2018)第099092号

责任编辑：崔 莉 胡 捷
装帧设计：钟 颖
责任督印：张 凯

书 名：量子图灵
著 者：王江山

出 版：上海文艺出版社
出 品：上海故事会文化传媒有限公司
（201101 上海市闵行区号景路159弄A座3楼 www.storychina.cn）
发 行：北京中版国际教育技术装备有限公司
印 刷：天津旭丰源印刷有限公司
开 本：890×1240 1/32 印张7.625
版 次：2018年7月第1版 2022年4月第2次印刷
书 号：ISBN 978-7-5321-6695-4/I·5338
定 价：42.00元

版权所有·不准翻印

上海故事会文化传媒有限公司 出品（00748）www.storychina.cn

如发现本书有质量问题，请与印刷厂质量科联系 Tel:022-82573686

目 录

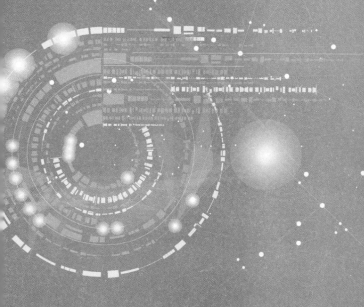

量子图灵

1

黑暗。

完全的黑暗。像是被墨匠反复涂抹了。

当我意识到这不是梦的时候，已经晚了。

手中的烟缓缓上升，袅袅消失在天花板墙面因潮湿而生出的黑色霉斑上。这个夏天很多的雨水，甚至，在我们来到案发现场之前的两个小时还在下雨。

"氰化钾中毒。是自杀。的确没有问题。"助手小于微微撇了下嘴，"已经过去十多天了，还来现场有意义吗？"

我依然注视着这笔直上升的烟消失的地方，像是盯着那些霉斑入了定。这屋里没别的通风口，是个密闭的空间。这样想着，我凑近了桌子，看到上面有一盏小台灯。

"台灯亮着吗?"我问。

"什么?"小于疑惑地看我一眼,但很快明白过来,"大家在第二天早上发现他自杀时是亮着的。他的死亡时间是前一晚的十点左右。那时他当然要开着台灯了。"

这样的细节都注意到了吗?我心里咯噔一下。

越来越多的迹象表明,死者,二十一岁的陈耽,他的自杀是在模仿六十年前去世的大科学家,阿兰·图灵。

"诶,萧宸,到底是谁拜托你过来调查的啊?不是两天前就结案了吗?就连陈耽的家人都认定自己的孩子是自杀了,咱们也没必要再调查下去了吧?"

"我不是在调查,而是在寻找。"我一边说一边把脸凑近桌子下面的地板,我闻到燃烧过的纸的味道。

他像是毁掉了什么。在临死之前。

我直起身来,再次环顾整个房间。他的东西已经被父母拿走,所以此刻这里显得那么整洁,整洁得过分了。

在这种整洁和寂静中,我似乎看到这个死去的年轻人消瘦的面容在黑暗里慢慢浮现上来,他沉默不语,注视着我的疑惑,注视着我可耻的、正在越聚越多的好奇,几乎是带着嘲讽,交给我一个谜。

4

来自死者的嘲讽——没错，我选择结束自己的生命。可是活着的人呦，你可知我发现了什么样的秘密？

2

2014 年 6 月 7 日。

陈耽就是在这天，在科学家阿兰·图灵去世的六十周年，以和图灵同样的方式结束了自己的生命——吃下一口涂了氰化钾的苹果，中毒而死。

其实也很好解释：也许陈耽是图灵的忠实粉丝，所以以这种方式来表达自己的热爱。用死亡，向自己的偶像和自己的理想献上祭礼。

但是。

还不够。

这样的理由也许说得通，现场的布置也能证明这种猜测，但我总觉得其中另有蹊跷。

我总觉得，他不是在寻死，而是利用死来完成一项工程。

陈耽在本市的 D 大学读大三，物理系。成绩优异，性格温和，平时住寝室，一个月前才搬到这个小出租屋里独自居住。

　　"他真的是个积极又随和的人，我完全不相信他会自杀。"陈耽的寝室室友陆昕这样对我说，"而且我听说有人说他的死是在向图灵致敬。这么跟你说吧，他是学物理的，对图灵这位计算机先驱应该不感兴趣，至少从没和我们谈起过，所以就算他是自杀，他也完全没理由模仿这位科学家的死法。"

　　陆昕高大帅气，而此刻我的眼前却浮现出陈耽那消瘦的脸庞，与他的面容相重叠，形成一种奇妙的对比。我心中又升起另一个想法，但旋即被自己否定了。

　　"那好，谢谢你。我会随时和你联系的。"这样说着，我出了门。

　　回去的路上调查助手小于欲言又止，"萧宸，我觉得……或许这个陈耽，不是在对图灵的科学家身份致敬，而是……在对他的同性恋身份致敬呢?"我扫了他一眼，"那你可以看看这个年轻人宿舍电脑里的 E 盘。"我的语气很笃定，"他绝对不是同性恋。"

　　小于干笑两声，尴尬地耸耸肩。

　　就要走出大学校门的时候我忽然站住了。

"怎么不走了啊?"小于跟着愣了一下。

我不说话,急急地就往回走。

小于无奈,但也只好快步跟上。

我回到陈耽的寝室,开门便问陆昕:"你们有陈耽的图书证吗?"

"哦,在这里。学校还没注销呢。"陆昕从自己兜里拿出一张卡,"陈耽搬出寝室那天把它留给我了,说以后不回学校住,所以也不会用了。"

"谢了。"

我转身去了图书馆,调出了陈耽的借书单。

……

《费曼物理学讲义》2013 年 5 月 5 日

《论动体的电动力学》2013 年 9 月 26 日

《看不见的城市》2013 年 9 月 27 日

《猎人日记》2013 年 10 月 7 日

《固体物理》2013 年 10 月 30 日

《热力学与统计力学》2014 年 4 月 3 日

《假面自白》2014 年 4 月 3 日

《时域有限差分法》2014 年 4 月 14 日

《高等量子力学》2014 年 4 月 27 日

他很奇怪。每次来图书馆只借一本书。这种情况通常意味着，他在去图书馆前就已经明确了自己的目的，不是在无意之中借到某本书的。

他借的书不是和专业相关，就是些纯文学类书籍，的确是很高深的阅读品位。但我明白将这些书串联在一起，或许就能发现他人生变化的最后一道轨迹。

《金阁寺》2014 年 5 月 8 日

5 月 8 日。这是陈耽从寝室里搬走的那天。注视着这个日期，我忽然觉得，从这一天起，他的计划，就正式开始了。

3

"我的确感受了跃迁。宛如身临一次恢宏的闪光，我因为目睹了真理而深深战栗。"

依旧是淅淅沥沥的雨。

我坐在书桌前，苦着脸阅读这本《金阁寺》。我是标准的工科男，除非是案情需要或实在闲得无聊，自己是绝不会主动去看任何书籍的，更别提这种纯文学类书籍了。

可这是死去的陈耽借出的最后一本书。

我明白若我要调查某个人，就要把自己变成他。我要走他走过的路，思考他思考过的问题。这像某种仪式，在这个仪式中我才能达成对真相的挖掘。

——依旧疲倦地翻着书。

"为了我能够真正面向太阳，世界必须死灭。"我疲倦的眼睛触到这句，终于有了点精神。

不，我不能这样神经过敏。这本书又不会教导人自杀。

我这样想着，点燃一根烟，接着往下阅读。

"假如世界变化，我就不存在；假如我变化，世界也就不存在。"

"世界被抛弃在相对性中，唯有时间在流动。"

9

这本书给了他何种暗示吗?

我就像面对着一道没有标准答案的习题,只得硬着头皮做下去。

就在我要读着书昏昏欲睡的时候,手机响了。

"抱歉这么晚打扰您。"是林珑,陈耽的同学。

我之所以重新调查陈耽的死亡案,也是因为这个女孩儿。

——那天像今天一般下着雨,我独自坐在咖啡厅里边喝咖啡边无聊地翻着报纸,发现了这么一桩死亡案:D 大学男生出租房内自杀身亡,死因或是氰化钾中毒。

要不是因为氰化钾这个时常出现在旧时侦探小说里的名字,我甚至就要翻页了。

"萧宸,那个女孩一直在看你。"这时我的助手小于忽然说,我顺着他眼神示意的方向看过去,果不其然,和那个姑娘尴尬地对视了。

准确地说是我尴尬了,姑娘完全没有。她高挑清瘦,穿着白色无 logo 的无袖 T 恤,一把黑色的伞放在她身边,正滴着水,伞身挡住了她的一部分蓝色牛仔长裤。长发紧紧地拢在发箍下,扎起一个马尾,露出光洁的额头。她一点不避讳地直直盯着我看。眼睛很漂亮，在她平凡的脸上很出彩。总之这不是一个很好看的女孩，却仍然让任何人都不敢忽视她的存在。

这个时候我是不是应该露出一个微笑啊，各位看官？

和死者打交道太久，我真是快忘记怎么和女孩子打交道了。她们真的比案情复杂得多，相信我。

然后这个女孩子向我走了过来，手上还拿着一张报纸。

我瞬间明白了什么。

"您好，"还是女孩子先开口了，"我叫林珑。抱歉打扰您。"

"哦，完全没有。"

"您也注意到这起谋杀案了？"

没想到这女孩子如此直接，我耸耸肩，"没错，不过已经结案了不是吗？而且是自杀。"

"不，不是那样的。"女孩子摇摇头，我看到她似乎微不可闻的叹了口气，"我是他的同学。我知道事情没这么简单。"

她依然直视着我，"其实你也有这样的预感吧，萧宸侦探?"

听了这话，小于手上的咖啡勺很没见识地掉到了咖啡杯里，溅了他一身。

以上。

我第一次见到林珑时的情景。

也许是因为现在同样下雨的缘故，当时的场景就一一再现了。

"没关系，请说。"我对着电话说。

"我刚从陈耽家里出来，有些东西要给您看。"

我猛地站起身，"好，那你现在在哪里?"

4

一个移动硬盘。

移动硬盘灰色的外壳在夜晚灯光的照耀下甚至反射不出光芒来，我和林珑面对面坐着，中间是这么个玩意儿。

"里面是空的。"林珑似是不经意地说，她的神情非常镇静，"做了数据还原，但是一无所获，因为这本来就是空的。"

"什么意思？这是陈耽死前买的最后一样东西？"

"没错，就在他死亡的前两天，他买了这个2T的移动硬盘。"

他在为某一件事情做准备。可是他要这么大存储量的硬盘，是要备份什么数据吗？硬盘是空的，那就是还未被使用过了？到底是陈耽自己不想使用它，还是没来得及使用就死去了……被杀了？

"死亡的前两天买的？他保留着可用来退货的票据吗？"我问。

"没有，所以这正是奇怪之处。"林珑微微皱眉，"他是网上订货，按理应该保留这种东西。"

"你是怎么获得他父母的信任的？"我忽然说了句题外话。

"我们曾经是十几年的老邻居，我后来又和陈耽上了同一所大学，所以很熟悉。"

"他父母知道你在调查陈耽的死因吗？"

"不知道。他们见了这些旧物很伤心，所以就一股脑儿给了我很多。"说到这里，林珑的神情有些凄然，"小时候我时常到他们家里玩。陈耽其实一直都是个很温和的人，他就好像我的哥哥一样。而且他意志非常坚定，做什么事情都很有主见。他不会自杀。"

"那你怀疑他是被人杀害的吗？现场是密室，氰化钾还是他自己买的。不，不可能，除非他被人催眠了。"我忽然感到自己的话有点残酷，然而仍是说了下去，"而且催眠那种事情，真的不像小说或电影里描述得那么厉害。"

"我不是怀疑他被催眠了，我也不认为他是被人所杀害。"林珑直视着我，我在她漆黑的眼睛里看到了一点恐惧，"我觉得他并不是在寻死，他是在用死来做另一件事情。"

和我想的一样。

我第一次进入陈耽死去的那个房间里时，就有这样的感觉。

但我没有说出来。扭头看了看咖啡厅之外的夜晚，雨水把咖啡厅门灯的灯光都淋湿了。已经是晚上九点钟，这个姑娘冒着雨把自己朋友的东西带来给我，只因为她要求得个真相，这不能不让我重新思考起一个人死亡的意义。

你死了，但是关于你的一切，还远远没有结束。

5

用了两天时间，我终于把这本《金阁寺》看完了。

他借这本书的目的我似乎有些明白，是的，这也是计划的一部分，而我差点就要沿着他给的错误路线与真相永远分岔地走下去。他已经预料会有人来调查他生前所看的书籍，所以特意让自己借的最后一本书是这本。

人们总是会被"最后""最初"这种词汇所迷惑。以为一个人做的最后一件事情一定与他的死息息相关，其实这个错误放大了"最后"的意义。事实上陈耽或许是在故意隐藏自己的真意：他最后借出的第二本书才是他所掩盖的，促使他走上死亡的最终原因。

《高等量子力学》

他是学物理的，借这种书无可厚非，但是他所学的方向与量子力学并无关系。

除非。

除非与他的计划有关。

当然，我并不认为一个人真的会被一本书所影响，也不认为他真的就能从中获得什么灵感和触动。

可是我似乎觉得这一定关乎最后的答案。

思来想去，我还是去找了我那个刚刚成为大学老师的朋友宋连明。好歹他算是个物理爱好者，说不定能给我介绍个物理老师什么的，好好给我解释解释这本《高等量子力学》。

"不认识啊。"

一听完来意，这货爽快地回答道。

"那你平时在微博上发那些量子力学的东西是怎么回事啊！"我忍无可忍。

"泡妹子啊。"宋连明毫无羞耻地说，眨着他那双被很多女生所喜欢的无辜的大眼睛，此刻我却只想给他一拳。

"哪有这么变态的妹子会喜欢这个啊！"

"你不懂。"宋连明优雅地喝了口茶，"现在这种高深知识很能吸引小女孩呢。而且量子力学在大众眼里本来就有点神道，其实你也不用太懂，只要会忽悠几句就好，自然有人将你视作懂物理的天才。"

"所以你什么信息都不能提供给我了？"我起身要走。

"别急嘛，萧宸，"宋连明走到书架上翻了一阵，丢给我一个本子。

"武林秘籍吗这是……"我苦笑了一下。

"翻来看看嘛。"

时空的对称性：一切物理现象都发生在时空之中，时空的对称性必然会影响物理现象的特性，因此在研究物理理论时，往往要研究时空的对称性。在研究广义相对论和宇宙学时也是这样。

这是……什么……

"我的物理笔记。"宋连明的表情依旧无辜。

"好吧，谢谢你。"我真是受不了这货的脱线行为，真是当了老师都没能教育好他这个臭毛病。

不过我还是带着本子出去了。

回到家里，我拿起笔记准备认真地翻看一下，可我发现里面都是一些对物理名词或现象的解释，实在没什么新意，充其量能给我带来点困意。翻到后面，笔记本里竟然还夹着一根数据线。我一边暗自骂宋连明这个大脑短路的家伙把数据线乱放一边打开电脑，忽然想起林珑放在我这里的移动硬盘，算了，我直接拿这根线连电脑上再看看这个硬盘到底是怎么回事吧。

……果然是空的。林珑虽然已经告诉了我，我却还是想亲自试一试。不过我当然没有发现任何东西。曾经去警察局问过，陈耽自己的电脑里甚至也没什么隐藏的文件。那么他要储存的那个东西究竟是什么呢？

正在我冥思苦想的时候，停电了。

靠……

我刚才用的是台式机，这种突如其来的停电很损伤机器，同时我也有点担心那个移动硬盘会不会因此损坏。

这时我忽然注意到一抹黄色的光。

幽幽的光从移动硬盘的插口放射出来。

那一刻我还天真地以为是自己看错了。仔细确认了好久……的确是这块硬盘。它兀自发出了光芒。

——突如其来的声音吓了我一跳。

是电脑自行启动了，发出嗡嗡的运行的声响。忽然停电又忽然来电？

见鬼了。

那块硬盘此时却不再闪光。我静静等着电脑重新启动，然后，几乎是颤抖着，再次打开硬盘。

我发现硬盘里凭空多了一个文件夹！

它大约有 500G 的容量，以至于我的电脑几乎打不开它。等待的过程极为漫长，但是我在这等待中分明感到了一种战栗。

陈耽，我知道这是你的设计。我被你操纵着，终于走到了这里。

在等待的过程中，我再一次翻开了宋连明给我的笔记。

于牛顿力学的背景时空，即伽利略时空，有着下述对称性：

（N1），所有的空间点都是平权的，所有的瞬时也都是平权的；

（N2），所有的空间方向都是平权的；

（N3），所有作相对匀速直线运动的惯性参照系都是平权的。

对于狭义相对论的背景时空，即洛伦兹时空，则有着下述对称性：

（S1），所有的时空点都是平权的；

（S2），所有的时空方向都是平权的。

这里所谓"平权"是指物理影响相同，没有谁表现特别。这里的伽利略时空和洛伦兹时空都是1+3维时空，1维是时间，3维是空间。洛伦兹时空中的时空点是4维时空点，时空方向是4维矢量方向。所有的时空方向都是平权的对称性包含着所有的空间方向都是平权的对称性和所有作相对匀速直线运动的惯性参照系都是平权的对称性。

我忽然意识到这本笔记里几乎到处是这样的词汇：时空。

时空——

我立即给宋连明打了个电话："你认识陈耽？"

"哪个陈耽？"那边的人明显有些不耐烦，像是刚从睡梦中苏醒。

"D大学的学生，大三年级。"

"认识啊。"

"你知道他已经死了吗？"

"……什么？我靠萧宸……他死了？天啊……诶，那你今天不会是来调查我的吧！"气急败坏的语气。

"你们怎么认识的？"

"在物理爱好者的集会上。他，还有他的寝室同学都是集会上的人。因为他们是专业学生，有时候还会给我们讲讲科普什么的。"

"你这么大人了怎么还和这些小孩儿出去玩！"我不知怎么来了这么一句。

"喂！我可是在回答你的话！你怎么倒教训起我来了，你这臭毛病真得改一改！"

"好吧，我道歉。但是你知道他十多天前死了吗？"

"这我倒是真的不知道。我们私下里还不熟……诶，对了，我今天上午给你的那本笔记，其实是陈耽的笔记。一个月前最后一次见面的时候，他把这个给我了。说上面都是些很浅显的知识，可以看看消遣。"

暮色昏沉。

我在自己的房间里，一个人在夜幕降临中听到这个消息，像是看到一面夜空朝我覆盖下来，要举全天之力压死我。我伸手拿过这个看似普通的本子，似乎感受到了一种别样的意义。

笔记本是陈耽的——里面有根数据线——

这根数据线不是宋连明的，而是陈耽的！

所以这也解释了我为何发现了这个隐藏的文件夹而林珑没有找到。

我无法理解那根数据线到底有什么离奇，又是怎样的一种奇妙设计，我只知道，我似乎步入了一个巨大的阴谋里。

"喂，萧宸，说话呀，你他妈不会怀疑到老子头上了吧！他到底怎么死的啊你说清楚！我发现你当侦探后真是越来越不靠谱了！"

"你认识他的同学陆昕吗？"我冷静下来，问。

"是啊。他不会也死了吧，真是，我就参加一个小聚会而已我招谁惹谁了我！"

"好好好，我错了，我今天有点激动，因为我刚才发现了点奇怪的事情。麻烦你过来一趟。"

"好，但是我先说明白，我不会在你那里过夜的！"

我再次忍无可忍，"你放心，你要想留在我这，就搬到电脑主机箱里睡吧。"

6

有一件事情，当你可以将它讲出来的时候，你却无法知道它；但当你可以知道的时候，你却无法将它讲出了。

这件事情就是，死亡。

死去的陈耽无法告诉我他所窥知的秘密，所以这项解谜的工作，只能靠我自己。

宋连明风尘仆仆地奔过来的时候，已经晚上七点多了。

他虽然已经当了老师，可看起来几乎比我见到的大学生还年轻，仍是一身短袖衬衫牛仔裤的打扮，一进门就大声嚷了一句："果然长期没有和女人相处的男人会越来越变态啊！"

我没空反驳他，只是扔了一双拖鞋过去："小心别把我地上的碎纸弄乱，不然我砍了你的发型。"

他自然已经习惯我的龟毛，只是皱眉摇头，旋即大大咧咧地往沙发上一坐，跷起二郎腿，"说吧，侦探。你到底要问我什么话？诶，叫你侦探你还真是侦探到自己人头上了啊。改行吧，你不觉得这个行当听起来像弱智少女漫画里才会出现的吗？"

"抱歉我从没看过少女漫画，也只有对其深有研究的人才会发出这种感慨吧。"其实我根本没有闲心和他聊天。但是此刻我竟然产生了一种恐惧感。我意识到我将目睹一件很不可思议的事情。

我要用这种打诨插科，来对抗自己对于未知和虚无的惊惧。

"够了啊你！说正事儿，你在调查陈耽的死亡案吗？"

"是。"

"我来之前上网查了一下这新闻，他不是已经被警方确认为自杀了吗？"

"可是有人拜托我再调查这件事。"

"给你多少钱？"宋连明抬手蹭蹭鼻子。

"没有酬劳。"

"你小子高风亮节为人民免费服务，可敬，可敬啊。"

"别废话，我是觉得他的死另有蹊跷。其实也是为了自己的好奇心。"

"诶，你还真说对了，我们大学的贴吧里还有人讨论这件事呢，好多人说他的死亡现场是模仿大科学家阿兰·图灵。说不定是向偶像致敬吧。"

"你见过他几次？"

"两次。"宋连明老老实实地回答，"第一次是去年，那时候我第一次参加那种物理爱好者的集会，他像是负责人之一，不过人很好，我们交换了电话，但也没说几句。第二次就是上个月了，我出席活动，他就坐我身旁，和他那个室友，叫陆昕那个，跟我聊了一些关于量子物理的事情。其实我也并不太懂啦，他就给了我一本笔记。"

"当时那个陆昕在场吗？"

"不在。陆昕说了几句就走了，我对他没什么印象，就是觉得那孩子个子蛮高的，比陈耽高一头呢。"

我再次陷入了深深的沉思。

"喂，你问完话了吧？"宋连明起身要走的样子。

"我领你去看样东西。"

这样说着，我走近书房，电脑还开着。文件夹终于打开了。里面只有一个程序。我点击运行。

屋子里忽然安静下来。宋连明也已经意识到了气氛的凝重，他站在我身旁，几乎是不知所措地看着计算机。

黑屏。

一道微弱的光芒，正从那个硬盘正当中的红点上射出来。渐渐地形成一束横截面积更大的光圈。然后向四周流淌开来，画出一个完美的圆形。光芒越发纯净柔和，是淡黄色的，像是一汪站立的清泉。

在这泓清泉里，我看到一张人脸正在慢慢地成型，清晰起来。毫无疑问，那张脸是陈耽。

他像一个全息影像一般，我差点想伸手去碰触，但终于放弃了这个想法。

"见到我的人，你很厉害。"陈耽开口说话。

"你其实不算是完全死亡，你的记忆被储存在这里了，是吗？"我强作镇定，说出了自己的猜测。

"不，比你想的还要恢宏。"陈耽（如果这是陈耽的话）微微笑了。他的眼神热烈而真诚。清秀瘦削的脸被光芒构成，竟然显现出一种圣洁感，虽然我明知这只是一种幻觉。

"你的死，只是你达成自己目的的一个步骤吗？"

26

"没错。连同现在，也是我计划的一部分。你找到了我，是因为我让你找到我。"

我转身看了一眼宋连明，后者显然也是一副"不关我的事啊这到底什么情况"的神情，我和他认识了快二十年，他不会背叛我。

"不，别怀疑身边人。我根本没必要去哄骗他们来引导你。我的逻辑自会让他们来引导你。"

"那你到底做了些什么？"我暗暗攥紧了拳。

"没什么。"陈耽再一次扬起了笑容，那笑容里分明荡漾着……幸福？

"我只是，创造了一个全新的宇宙。"

7

"我又看见一个新天新地，因为先前的天地已经过去了，海也不再有了。"

——《启示录》

陈耽接下来所说的事情，让我永远无法忘记。即使有一天我已垂垂老矣，而且很有可能还打了一辈子光棍。但我仍然可以对着我拄着的那根拐棍描述今时今日的一切。

　　"你知道吗？思想虽然是种令人捉摸不透的东西，但其实它就是一种信息。大脑中的某些特定分子摩擦碰撞，引起了某些信息子的规则排布，在三维空间中的表现就是产生电流，引起脑细胞的活动，这便是思想的本质。只不过我们脑中的分子数量是庞大的，其能引起信息子的排布形式的种类是极其多的，我们现在的思想不过也只开发了很少一部分。而我们需要通过一个完整复杂的调节机制将其表达出来，这个调节机制对于人类来说便是神经系统，不过其实这是可以通过程序来模拟的。而大脑就是一架精密的仪器，储存着这些思想信息。既然是信息，其实也是可以对其备份和编码的。"光束中的陈耽对我说，像是耐心地在给小学生讲解科普。

　　"所以，你不是陈耽，只是他留下的一部分思想或者说——记忆？"

　　"一部分的我也是我。更何况我并不是一个部分，而是一个备份。在这一时空里的，我的备份。"

　　"还有别的时空？"若不是这奇景已经发生在我眼前，若不是这个说不上是灵魂还是高科技的东西在我的房间里对我说话，我对这番话早就不耐烦到想去锤人了。

"你在笔记里已经看到关于时空对称性的描述了吧？"

"没错，但是我看不懂。"我回答。

"那个描述是关于本宇宙的描述。而我发现其实这个特性不仅仅是满足于当下，还满足于不同的时空之间。通过对系统所具有的对称性的分析，可以得到系统相应的守恒量，从而产生一种连接。而我这里发现的对称性，却有一种惊人的简洁。"

"简洁？到底是何样的简洁？"

"你知道共振现象吧，就是指一个物理系统在其自然的振动频率下趋于从周围环境吸收更多能量的趋势。简单来说，就是两个振动频率相同的物体，当一个发生振动时，引起另一个物体振动的现象。但共振的神秘和魅力还不仅于此，有时候两个时空之间也可以发生共振。宇宙像是一个巨大的圆环，如果圆环上的某一点在某一瞬间和另一个点产生了同样的频率，那么他们之间就会发生粒子的跃迁。一地的物质能量化通过媒介后再次重组成物质，而这过程中的损耗由媒介来填充。这是一种量子级别的传输。我事先将自己的灵魂编码到量子层面，然后制作了这个备份，以确保我在另一个宇宙中灵魂的完备性。"

"这太抽象，而且没有试验能证明。"我说，仍是感到不可思议。

陈耽没有理会，自顾自地说下去："其实今时今日的你，也是可以和旧时的你发生这种跃迁的。不过这当然只局限于思维场的交换。只要你在同一地点，做了与过去同样的事情，也许某一个时刻，你的思维场发生了震荡，构成你思维的信息粒子变成了量子态。这样理论上你就可以和几岁时的自己发生灵魂的互换。

"但并不是你做了任何相同的事情都可以达成这个目的，只有极为重大的行为才可以。比如，"说到这里陈耽的神情几乎是洋溢着得意，"出生和死亡。"

"可是出生的场景已经不可模拟和再现，所以这个方法无法实施。但死亡却可以。如果你完成了同样的死亡仪式，那么你就可以穿越到那个死亡者所在的时空里去。你虽然在这个宇宙里死去了，但在新的宇宙里，你重新活了过来。"

"可是你到达那里又有何用呢？那个人也已经死了啊！不，你到达了哪里？"宋连明终于缓过劲儿来，接受这个太过科幻的设定，问道。

"我的灵魂跃迁到了上个世纪的数学家阿兰·图灵身上。"

虽然早有预料，但当他亲口说出来，我还是觉得微微一震。

"你现在变成了阿兰·图灵?"

"没错。"

"可是他不是已经自杀死了吗?"

"这正是这理论的玄妙之处。因为不同的宇宙区间里,会有延迟,也就是时空迟滞现象。所以,我的灵魂应该是回到了临自杀几秒前的图灵身上,这样,他就不会选择服毒了。所以在理论上说,回到过去可以,去未来却不行。因为去未来就是几秒后的事情了。"

我注视着光芒里的全息影像,一个诡异可怕的念头在心中升腾起来:他回到了过去。变成了阿兰·图灵。他不再选择自杀,他将带去最新鲜的科技理论。时间分岔了,一个新的时空诞生了。

"我只是,创造了一个全新的宇宙。"

如他所说。如果这一切已经达成,那么确实是这样的。因为一个人的思维改变了,选择不同了,他所对应的世界也发生了改变。

他会推动计算机网络的形成。网络时代提早到来,科技进步也会迅速加快。而这样一来,政治格局也将完全不同。

世界完全改变了，虽然是在于我们的世界完全不同的时空，但是他的的确确是创造了一个新的宇宙。

我以前从不相信一个人能改变的了世界。但现在这种直观的宏大感几乎让我愤怒。愤怒于自己的渺小和愚蠢。

我可以想见他——陈耽变成了图灵后，他也许不再当一个同性恋，甚至可能结婚，变成更有声望的大科学家，参与政治和社会运动……

陈耽，另一个时空里的陈耽。他现在顶着图灵的一切生活。只是这样的生活，又会怎样呢？

"那你为何会挑选这样一位人物当作你灵魂跃迁的对象？"宋连明继续问。

"因为若要创造共振点，还必须符合几个特点：1. 这个人的死亡是自己可以控制的，所以最好是自杀。2. 必须是个大人物，以此才能改变历史和世界的进程，并保证自己跃迁之后能获取最多的社会资源。3. 死亡的现场必须容易模仿，并且可以随时终止。4. 从我自身考虑，这个人生活的时代与现在的时间间隔不要太遥远。5. 最好是个科学家，并且他的研究我相对能够胜任。6. 共振点比较稳定，即该人物的死亡现场是确定，不会移动的。这样一来，就只有图灵了。

"而你们知道这个设计最精妙的地方在于哪吗？当另一

个宇宙中的我想回到过去时，我可能已经比那个宇宙里的陈耽年纪大十年了。所以我只需要回到十年前的自己身体上，只要我再次服下毒药自杀，就可以达到这个目的。而宇宙的进程就这样再次偏转。我将重新获得属于一个年轻人的时间。理论上这一过程可以一直重复，时间就被无限地分割下去，宇宙也有无限的分岔产生。"

窗外是暗夜涔涔。房间里只有他的全息影像，像是一个乖戾的戳印，印在我所存在的宇宙不安的空气里。

"可是你变成了另一个人，这样做真的值得吗？"

很久，我才问出这样一句话。

陈耽的"备份"像是无法理解我的问话："什么值得？"

"你为何不在自己的宇宙中创造属于自己的人生，而非要到另一个宇宙里，成为另一个人，寻找一个缥缈无稽的所在呢？"

长久的沉默。

"为了验证自己的想法。"他的笑容依旧干净，此刻忽然多了些大学男生本该拥有的青涩，"你不是说这些太抽象了，根本不能实验证明吗？但我做到了。我就是自己实验的试验品。"

"我何其幸运，"陈耽，在光芒里的，只有一个小小头部

33

的陈耽微微低下头，"我何其幸运，完成了这个实验。我证明了一个真理。"

8

我看到那束光芒弱了下去。陈耽的影像渐渐消失。房间里再次归于沉寂。

他对我们说了些什么？

他做了些什么？

哪些是真的？还是都只是他的一场呓语，一场梦幻泡影呢？

像是观摩了一场真人的死亡秀。我的神经紧绷着，就快要断掉了。

那块硬盘忽然升腾起一阵烟。程序太大，运行太久。它被烧毁了。

这暂时储存着人类灵魂"备份"的容器，其实和人类的身体一样脆弱吧。

我再次翻看那本笔记。陈耽留下的最后的痕迹。

在最后第二页上，我看到几行这样的小字：

黑暗。

完全的黑暗。像是被墨匠反复涂抹了。

当我意识到这不是梦的时候，已经晚了。

假如世界变化，我就不存在；假如我变化，世界也就不存在。

我的确感受了跃迁。宛如身临一次恢宏的闪光，我因为目睹了真理而深深战栗。

——半年以后。

我一直没有对林珑说看到了陈耽"灵魂"备份的事情。而她也无丝毫怀疑。有次我好奇地问她，当时在咖啡厅，怎么一下子就认出我来。我虽然是侦探，但并不出名，也很少抛头露面。

"其实是陈耽的室友陆昕对我说的哦。"林珑回答，"陈耽刚去世的时候，我去找过陆昕了解情况。他说听陈耽提起过，他认识一个人，那个人的好朋友是个叫萧宸的年轻侦探。或许这位侦探可以帮忙。于是我就找到了你。"

我忽觉心中一凉。

我想到陆昕拿出图书卡给我的事情。想必那是陈耽刻意留给陆昕的吧。

所以这一切，其实都在陈耽的设计之中吗？

的确是他，引导着我发现他的秘密。

但为何他要把这个浩大的秘密讲给我这样一个陌生人听呢？

这些都是虚妄了。我永无可能知道他是否真的到达了那个宇宙，也无从知道他在那个宇宙里引发了怎样一场科技革命，导演了怎样绚丽夺目的人生。我只知道，他以自己的生命为代价，验证了一种常人所无法理解的癫狂的伟大。

已近黄昏。太阳在城市的另一端，很快就要沉下去了。我和林珑漫无目的地在街上闲逛，忽然，她有点惊喜地说："你看，下雪了。"

我这才感到脸边弥散的丝丝凉意。

雪越来越多，飘落下来，落到地上很快就融化了。它们从那么遥远的天空下落，却没能留下一点痕迹。

"小时候，每到这样的雪天，我都很高兴。因为等有了积雪，我就可以和陈耽出去打雪仗了。"林珑说。她似是不经意地提起："我听你的朋友宋连明和我说，陈耽留下的那块硬盘其实没有坏掉，你们看见了一些奇怪的东西。"她漂亮的眼睛流转过来，在丝丝雪气里，美好到不容人拒绝。

我就知道总有一天她要这样问我。我像等待审判一样等着她的问话。

"那天你究竟看到了什么？"

语句在空气里回荡，像是一只乌鸦，盘旋着，随时准备啄瞎那个回答。

而我只是注视着远方，吐出一口烟。

在最后一抹夕阳中。

"真理。"

9

"他并非在长眠安息，那渴望的心怎能为死亡所沉寂？"

肮脏算法

六小时前

赛莉·金斯莱走进大厅，钟正在敲响。迪尔曼公司大楼的玻璃穹顶反射出的冰冷光芒袭地而落，将她笼罩出一种脆弱的热情。

她拎着白色金属箱子走到穹顶下方。地面出现一个椭圆形光斑，她踏到椭圆一个焦点的位置上站定，注视着椭圆中心线正上方的细密光纤。晶莹剔透的光纤瞬时显示出一张美丽无瑕的脸，轻柔的女声在问她："您好，金斯莱研究员，请问有什么需要帮助的吗？"

"我要面见威廉·迪尔曼先生，我有重要的东西要交给他。"

"请稍等。"

面前的光幕消失了。赛莉把腰杆挺得更直，握箱子的手攥得更紧。她知道成败在此一举，可她必须要赢。整个世界的未来正悬于一线，她纤瘦的身形要被这庞大的压力撕碎了。

等待很漫长。她心中的不安在读秒中指数增长。这一切有些不对——到底是什么出了差错? 之前的一幕幕在她脑中迅速闪过：中途离开的伙伴，被更改的参数，计划书上的秘密协定，关键人物的死亡——

此时世界忽然像烟花般在她眼前爆炸了。瞬间她明白了那个在多年前就已启动的阴谋——不，毋宁说是命运。命运的轮盘一旦开始转动，任谁都无法挽回了。

极度的高温带给人的初始感觉却是冷的。虽然赛莉觉得这是穹顶的冰冷颜色带来的错觉。火焰从上至下地燃起，椭圆之内的世界迅速扭曲，光纤的碎末在大厅里飘摇回荡。多么美丽啊。赛莉回过头，却只看见人们四散奔逃。

——眼中最后的景象。

四天前

虽然我明知，再看一会儿她那硕大的胸部她就会抬手揍我，可在真的揍我之前，我还是想一直盯下去。因为在我盯着她和她要揍我之间有一个时间段，假设它是 N，那么我盯着她 2 分之 N 的时候她不会揍我，我盯着剩下时间的 2 分之 N 的时候她还是不会揍我，我盯着再剩下时间的 2 分之 N 的时候她还是不会揍我，啊，时间是可以无限分割的，多么美好。

（具体原理请参见"阿基里斯追不上龟"。）

就在我这么胡思乱想的时候她揍我了。

"请问你到底有没有在听我说什么！"她锋利的眉毛皱起来，神情和小时候一样故作成熟。

"没有。"我老实地回答。

"岑晟，岑博士，我再次请求你，把注意力集中到手中的文件上可以吗？"她看上去真的生气了。

"好吧好吧，我这就看。淼淼，几年没见你脾气变得好差诶。"我接过她塞来的 pad，点开一个程序，懒洋洋地塞上耳机，开始看了。

苏淼对我翻了个白眼，起身去了驾驶舱。

我一边看文件，一边把手放在安全带上反复摩挲——这是幼时的习惯。我从十二岁起就经常乘飞机去各地参加学术研讨会或领奖。可即使如此，身在这庞然大物中的时候，我还是忍不住心里慌乱。

我应该慌乱的。试想一下，当你结束了一天的课程，告别那些一脸无知崇拜相的大学生，准备和几个朋友出去小酌一杯——这时忽然一个故人的电话把你召到一个鸟不拉屎的地方，而等待你的却是一群全副武装的士兵——任谁都该慌乱到哭爹喊娘吧。

咦，我没有爹和娘可以喊诶，真是个损失。

所谓秀才遇到兵有理说不清，所幸邀请我的神秘人派了旧时相识苏淼来接待我，不然我这一路不知要吓成什么样。苏淼却毫不念旧情，虽然几年不见她已经出落得前凸后翘，性格却还像从前一样直。可几小时前当她在一个金属建筑中，从一群大兵身后向我走来的时候，太他妈有最终 boss 的感觉了。

"岑晟，你被国家征用了，和我们走吧。"

"征用？国家？开玩笑吧，这是和平年代，征用我这个数学老师干吗？"

"一会儿你将被请上专机。"苏淼不理会我的贫嘴，神情依旧高冷。

"专机？要干吗？"

"岑晟，"她语气缓和一点，然而眼神不为所动般的冷酷，"我们需要一个数学家。和我走吧，念在咱们认识了十几年的份上。你应该明白，如果派别人来，你这一路会多艰辛。"

她是真的遇到了麻烦事。我不再以玩世不恭来回应，"那么，看在这些年的情面上，能告诉我将要去哪儿吗？"

"斯德哥尔摩。"她小声而快速地说。不远处忽然一声巨响，高大的金属门正在打开，一架小型飞机在门的背后于夜色里显露出来。

斯德哥尔摩。

……嗯。

如果我没记错的话，诺贝尔没有设立数学奖。

三天前

"青青，你说，上帝存在吗？"

"爸爸，您说什么？"在电脑前处理数据的唐倾霏惊讶地抬头。夕阳酒红色的光芒里，她的父亲正注视着远方喃喃自语。

每当父亲喊起自己的乳名，唐倾霏都一阵恍惚——自记事以来，父亲就一直严格要求她，虽然自己没有辜负他的希望，一路优秀地长大成人，及至成了父亲经营的汇合了计算机、生物学、化学乃至社会学的大型科研项目"伊甸园"的一名主要成员，可他依然很少对自己展露慈父的一面。母亲去世后，连"青青"这个乳名，也不再被唤起了。

父女两个的闲暇时间都很少，即使见面，也大多在谈项目的事情。不知怎的，两天前父亲忽然要她陪自己来这幢靠湖而居的别墅，说要好好休息一番。

唐倾霏愈加不安。"爸爸，您不是很反对谈这些的吗？小时候您就告诉我，上帝不能被证伪，不能被证伪的东西，您不许我谈及。"

"没什么，青青，你只说你的想法。"

"我不知道。"

"那假使有的话，什么样的人，会在死后去他那儿呢？"父亲一直盯着远方，看起来仍像在自言自语。

唐倾霏离开电脑，坐到父亲身边。"不知道。但我想，要是大科学家们真在死后见到他，恐怕许多人要气得活过来了——追逐一生的科学，竟然都是这个老头在捣鬼，听起来多生气啊。"

她开了个玩笑缓和气氛，但父亲只是轻轻叹气，"其实也不尽然，许多大科学家在晚年都皈依了上帝，知道为什么吗？因为他们都在那个时候，意识到了生而为人的无能为力和弱小，意识到自己掌握的科学也许并不科学，而人类永远不能太高估自己，以为已经掌握了万物的法门。"

"爸爸，您是不是哪里不舒服？"唐倾霏很不愿他再谈这些虚无缥缈的话。她想，他只是太累了。

"伊甸园"是个跨度十五年的大项目，目前已经到了最后的阶段。可虽说如此，年仅二十四岁的唐倾霏还是无法完全知晓这个巨大项目究竟是为何而建。

她是一个计算机模块的负责人，而每天她所面对的就只是万千的数据流。这些数据流从哪里来到哪里去，又汇聚成什么样的纷繁复杂，她无法了解，也没有兴趣了解。她只知道，"伊甸园"项目被分成了许多小组分别完成，因此除了最核心的几个负责整合的研究员，谁也不知这一项目的真实目的——

这是由几个国家的军方和政府共同主导的秘密计划，甚至之前的十年完全只由财政内部拨款，之后才接纳了几家合作公司的资本投资，作为回报，项目产生的一些副产品由这些公司接收。

正胡思乱想的时候，门铃响了。唐倾霏按下遥控器，遥控器的显示屏上出现了研究员赛莉·金斯莱的身影。她是父亲的助理，最近刚被派出到"伊甸园"最大的非官方股权控制商迪尔曼公司做研究员。

"让她进来，你先出去。我们要单独谈一会儿。"父亲说，似乎早知她会来访。

唐倾霏答应着退出房间，似是不经意地在客厅电话上快速拨出一个号码，然后把电话放空。

她上楼的时候看到赛莉·金斯莱走进来，她的神情带着难以言表的……恐惧。

唐倾霏来到自己的房间，接通手机。

"NSC 那边一定要继续计划。"赛莉的声音，清晰却急促。

"事到如今，也只能这样。"父亲回答。

"……我不明白您的意思！"

"我同意他们这样做。"

"可是……你我都很清楚，一旦正式开始，后果是什么！"

"所有事情都有代价，伟大的事情尤为如此。"父亲的语气此刻冰冷而陌生。

"不，唐先生……您不能这样做……当我看到计划书的时候还以为是出现了内鬼，我没想到这是您默许的！"

"赛莉，冷静下来。把命运交给算法吧，就像作为一个基督徒的你，生来就把命运交给上帝那样。很快，我们就知道我们这些年的呕心沥血，究竟创造了什么。"

客厅归于安静。

唐倾霏颤抖着关上手机。她意识到事情不妙。

房间里的电话忽然响了，父亲在叫她下楼。

"青青，你今晚就回城里吧。"

父亲的神情恢复了平时的冷定。

"可您独自住在这儿，我不太放心。"

"我没关系。但你回去是有事情要做的。"

父亲说着，交给她一个钥匙。

"今晚你回咱们从前的家里，用这把钥匙打开我常用的那个保险箱。拿好里面的东西。"

从前的家。从前，妈妈还在的那个家。

唐倾霏的心里一阵不安与酸楚。然而父亲不再看她，转身上楼。

他的背影，像是与整个世界离弃了。

此时唐倾霏却忽然一阵战栗——父亲刚才是用客厅的电话叫她，这意味着，他知道她听到客厅的这番对话了。

两天前

"岑先生，听说你十八岁时就拿了数学博士？"这漂亮的小姑娘一脸崇拜。

"还好啦，"我耸耸肩，"搞数学研究的，要是二十岁之前还没拿到博士学位，那也没什么继续搞下去的必要了。"

屋子里其他几位四五十岁的工作人员明显气血上涌。

这间实验室很大，近五十台计算机一起运转的声音在空荡里轮回，在这片空荡里忽然响起一个清冷的女声："那么岑博士对我们的项目有何看法？"回头看去，是一个身材纤瘦高挑，穿着白色无尘服的女子。一双严肃的蓝色眼睛在黑框眼镜之后投射出认真的光来，幸而及肩的棕色长发修饰了脸型，使她显出一种难得的柔和。

"将分治法思想投入到分布式项目中是惯用手段，尤其是在处理这么庞大的数据流的时候，不过还是不够高效（确实不高效，我心里想着，自从看了那份文件后，我就知道没什么能在那个算法前称高效了）。还有你们用的蚁群算法——啊那已经是上个世纪的东西了，其中的思想也并不深刻，但我发现你们的主体框架仍是这个——不简洁也不漂亮啊。不过子算法的容错性还挺高的。"

"很好，说了等于没说。"苏淼在我身后小声说，看样子她很不耐烦。

"我是这个子算法项目的负责人。感谢你的评论。"这姑娘朝我走近，我的心中浮现出两个大字："正点！"

我接着随意吐槽："要我说，可以试试 Branch and Bound，我喜欢叫它 boob。当然，与 boob 的意思正相反，这个算法可是很好用，尤其适合你们这种想在多种最优化问题中寻找特定最优化解决方案的课题。虽然这个算法也很古老了，但相当方便。"

"在另一个子算法中我们有此尝试，谢谢您的建议。只是我很好奇您的研究方向，据我所知，这也是您来此的目的。"

"其实我并不是搞算法研究的，只是之前改学生论文的时候顺便翻了翻他文献综述里提及的几篇关于算法的论文——在我看来，算法就是对人类思维模式的模仿，模仿度越高，算法越强。因此我提出了'行度佯谬'，啊，'行度'就是评价算法时间、空间复杂度、正确性和健壮性等综合指标的一个标量，我有时称之为算法的算法。不过，因为这个算法是为着复杂课题准备的，所以暂不考虑可读性。"

"也就是说，这是一个在解决课题前优先遴选出最适合解决此课题的算法的算法？"

"正解。"啊，我真喜欢聪明的女人。当然，前提是漂亮。

"具体的方式呢？"

"简单来说，就是在一个固定的草原区域内放出你所有的猎犬，看谁先捕到猎物。"我的眼睛闪闪发光，注视着她，"但这只是初次遴选。之后，再在单一区域内投入大量算法，令他们同时计算对方的'行度'，留下'行度'高的，筛选掉'行度'低的，这样，好似在自相残杀一般，迫使类似'自组织'的自我进化形式出现，最后剩下'行度'最高的算法，亦即解决此课题的最优化算法。但得到这个算法前期会有大规模的运算，需要超级计算机——啊，比如你们斯德哥尔摩研究所的'天空'，这好像是战后最强的超级计算机了吧？说实话，真想在你们这儿试试。"

"试？您还没有对此算法进行测试吗？"

"是啊，我本来是搞纯数学研究的，看看算法也就是兴趣，没想那么多。再说，没有超级计算机，我也没机会试啊。"

她沉默了一会儿。我多少有点奇怪她的反应———一般来说，初次听到我这个有点耸人听闻的理论的同行多少会流露点惊讶，或是赞叹，或是鄙夷，可她只有平静。

"你的算法叫什么？"她问。

"几乎所有与课题相关的东西都会在前期的算法行度筛选中被囊括进来，纷繁复杂，是个数据的洪流，但有点乱七八糟的，所以我叫它，肮脏算法。"

"奇怪的名字呢。"苏淼终于能插上一句话。一天前飞机降落在斯德哥尔摩的时候，苏淼才告知我来此的目的：帮他们检测这个研究所正在进行的研究项目的安全性。

她告诉我，几个国家的军方和政府高层在合作一个项目。项目马上要完成了，可最近一周项目基地的人没再提供有用的信息。军方怀疑其中有内鬼更改了程序，但这些行政人员对科研一窍不通，所以找我帮他们查验。

"你说笑了吧，官方养着那么多院士呢德高望重的，怎么不找他们来看啊？"我当时这样对苏淼说。

"我们必须找一个毫无官方背景的、独立的学者来进行查验。这也是为了防止他们产生怀疑。"

"自欺欺人。如果他们真有内鬼，那任何的行动都会是打草惊蛇。"

"其实找你是上峰的意思，我也不知道为什么。"苏淼叹口气，"而且他竟然对你我两家的交集非常清楚，因此派我来接你，看来你是早就在上峰的计划中的了。"

"岑晟博士对这个算法的前景有何看法？"这清冷的声音把我从回忆中带了出来。

"其实我也不知道。实际应用不是我关心的。当然，我也曾设想过这一算法和神经网络算法的结合。比如设计一个人工神经网络应用系统，建立某种信号处理或模式识别的功能，前景应该不错。但对大规模运算的依赖也许是它的弊端咯。"我边说边打量她，忽然转移了话题，"冒昧地问一下，您是混血儿吗？"

后者看样子正准备跟我进行一番学术性的探讨，听到这个问题明显愣了一下。"嗯，是的。我父亲是中国人，母亲是瑞典人。我的中文名字叫唐倾霏。"

"那你懂中文吗？"我用中文问她。

漂亮的唐小姐轮廓深邃的北欧面孔上是茫然的神情。

"咦，果然不会呢。"我继续用中文说，"早听说二代华裔移民忘却母语的事情，可以理解。不过混血儿还真是漂亮啊。"

"抱歉，我以为我们都是数学家而非跨文化交际学者。"标准的普通话。

我：……

"岑晟博士对今天的会面满意吗？"唐倾霏纯正的中文发音和她的欧洲面貌非常违和。

"很好……很荣幸见到您，了解了您的工作。"

"应该是我感谢您。今天的对话令我获益匪浅。抱歉，有些地方我没有权限带您参观，只能等下次了。"唐倾霏说着，脸上的表情仍然安静平和，她转向苏淼："那么，苏小姐，您有发现我们在项目中有未向政府说明的不轨行为吗？"

"唐研究员是什么意思？我只是带岑晟博士来此做学术访问的。"苏淼的神情和前两天在飞机上时一样冷酷。

"那就是说搜查可以停止了？"

苏淼微笑了一下，没有温度的微笑。她先看看我，又看向研究室外空旷的走廊。最后，她把目光定格在唐倾霏轮廓优美的脸上。"唐小姐，我想我们之间有些误会。"

我紧张地盯着两人看。

世上第一美好的事情是看美女。比第一美好更美好的事情是看两个美女吵架。

我很期待啊。

45 小时前

东亚·红一聚居区。

花农们在卖花；孩子们奔跑过街道；小商贩们在阳光下昏昏欲睡。

远远看去，和任何市井并无不同。然而凑近了看，会发现这里的每个人……都带着难以言表的，残缺。

花农们没有腿，靠助步器艰难行进。孩子们大多头部畸形，看起来像一群被摔坏了的玩偶。小商贩们中有人永远也无法抬起手臂。

来来往往的人群像是被一种古怪哈哈镜的镜像所投影，显出惊人的怪异和扭曲。

"这就是红一区。"向导含糊不清地说。他的嘴角上长出一颗巨大的肿瘤，将他的脸拉扯变形。

带着白色兜帽的行者从向导那里收回视线，沉默地打量着这里。

"红色战争之后，政府把我们这些乡下人迁到这儿。为了眼不见心不烦吧。"向导边向前走边说，"不过这是自欺欺人，我亲见过许多一区外本来正常的人，他们所生育的下一代却像刚才那群孩子一样，也是先天畸形。隐性基因的遗传是可怕的东西。所以他们不得不把那些孩子也抛弃掉。"

行者指着一栋在破败民居间突兀整洁的大楼问道："那

是什么？"

"迪尔曼公司的大楼。这公司开遍了全球。他们号称制药解决这里的基因疾病，其实全是扯淡。不过红一区倒是有不少年轻人愿意相信他们。"

"那里有网络覆盖吗？"

"有，你可以去那儿上网，不过要另加钱。"

行者向大楼走去。

向导摩挲着手中的纸币，打量那渐渐远走的白色身影，不禁在心里嘀咕：这个人非同寻常。他不像是对红一区好奇的旅行者，也不像是记者或情报部门的官员。

他身上有一种惊人的气场。似乎整个世界就要从那副身躯上开始塌陷了。

45 小时前·美国国家安全委员会（NSC）·闭门会议

"也就是说，迪尔曼公司坚决不放弃他们在'伊甸园'项目上的股权？"国家安全事务助理安德鲁·乔纳斯神情凝重。

"三天前就是这个回复，再之后，我们没能联系上他们的负责人。"一位总统幕僚回答道。

"看来他们要死磕到底了。"安德鲁往椅背上一靠。他的眼前似乎烟云四起。

许多年前他参加过"红色战争"，那被称为小型的第三次世界大战。自那之后他也一直以为，这一定是自己有生之年所会经历的最肮脏的战争了。

那次战争有十几个国家卷入其中，并且，和百年前的二战一样，一个新式武器终结了它——靠"基因炸弹"。基因炸弹的使用被后世的军事史学家们称为"人类文明史上最黑暗的武器"，因为它带有遴选功能，可选择特定的人群和地域发动进攻，虽然当时只在战场上小范围使用，但它的残余影响波及了整个世界。人类用了十年，才稍稍恢复到战争开始前二十年的生活水准，可这个世界依然千疮百孔，难以复原。也就是从那时开始，民众对政府愈加不信任，兴起的却是各个经济大财团，民众依附这些可以提供实际利益的财团，财团又对政府施加影响，这样一来，常规的政府行为受到打压，NSC 也开始重新定位自己的职能，从曾经的，由副总统、国务卿、国防部部长、中央情报局局长等一系列政府要员组成的组织，变成了一个整合政府情报和政策机构的信息以做出决策供总统直接参详的机构。它所讨论和研究的仍是重大战略和决策，但却更像一个高规格的智囊团组织。NSC不像从前那样重权在握，却因此更加灵活。它做出决策时政治因素被弱化，取而代之的是对全世界负责的气概。

安德鲁在前任总统的扶持下改革了NSC。那时战争刚刚结束，人人笼罩在对末日的恐惧中，NSC被改编成一个"末日决策机构"，因此NSC的每个成员都可以在总统无法行使职权后代行总统职责。

"红色战争"结束二十年了。可眼下，新的战争正在打响。而且，于无声无息间，更加残酷百倍。

"你是说，我们失控了？"一个年轻的总统幕僚惊讶地说道。

"这是阴谋，先生们。几个财团的阴谋。而我们尤擅此道。既然在这里猜想和分析前方的情报已经走入瓶颈，倒不如直接秘密逮捕'伊甸园'的负责人唐稣。适当给他加点花样，估计他什么都会说的。"国家勘测局特派员塞拉斯的眼里闪过一丝分金碎石的精光。

"当某人有危害国家安全的行为时，适当的酷刑是可以采纳的。"幕僚附和道。他已拿起电话。安德鲁知道电话一拨出，这个叫唐稣的大科学家就会被即刻收入囊中。

他默许了。

"什，什么？"年轻的幕僚显然听到了令人震惊的消息。

"他死了是吗？"没等他报告这消息是什么，一直注意观察对方表情的安德鲁就凭直觉猜到了。

"是的……就在几小时前，是心脏病……"

"自杀或者被人先动手了。现场有什么发现吗？"

"CIA 的人正在往回赶，他们手头有数据。"

"他的办公室和他的常用电脑要仔细搜查。"

"之前我们监控过一阵，但他不在办公室讨论重大问题。电脑里也只是项目的一级资料，没有加密，十二岁的孩子都能攻破他的防火墙。"

"他把重要的东西转移了……他女儿在哪里？"

"还在斯德哥尔摩的研究所。显然她还不知道父亲去世，我们要逮捕她吗？"

安德鲁和塞拉斯对望一眼。

"监控起来。"塞拉斯回答。

"等等！"另一位幕僚此时激动地站了起来，"刚接到消息，一些自称国际刑警的人出现在斯德哥尔摩研究所，和一支神秘武装发生冲突，那支武装劫走了唐稣的女儿，但是劫走她的飞机也爆炸了。"

"找到她的尸体了吗？"

"没有，我们的人正往那边赶，情况还不太清楚。"

"调查一周内斯德哥尔摩的飞机出入境记录，再派一队人去研究所守着。保持信息畅通。"

"好的。"

"我们离原定计划还有多长时间？"

"45 小时。总统曾叮嘱过，'伊甸园'项目启动的时候，他必须在场。"

安德鲁紧抿嘴唇。他知道自己得亲自动手了。

40 小时前

我才知道，斯德哥尔摩的超级计算机"天空"被安放在地下实验室。

想到这里的员工可以在酒吧跟人胡侃时说："嗨老兄，

猜猜怎么着？我们研究所的天空在地下。"

真真是酷炫到没朋友。

而此刻我们也在这里。

可几小时前的一幕，彻底颠覆了我的世界观——是啊，如果你都大头朝下被人拎着了，你的世界不被颠覆才怪。

本以为帮完了苏淼她就能把我送回去，谁知半路杀出——国际刑警，或者是自称国际刑警的人，这些人冲进研究所找唐倾霏，说她涉嫌危害国际安全。此时苏淼展露了令我吃惊的身手——她轻易地卸了他们的枪，护送我们来的那几个士兵从走廊里冲出来帮忙，此处省略一万字，总之就是经过一番惊心动魄，我被一个苏淼的手下（天啊，他身高足足两米！）拎着，像一个破玩偶一样被甩进飞机。

我以为这就完了，哪知飞了一会儿，刚出城区苏淼就让我们强行跳伞。

"可我不会啊！"我话还没说完，苏淼就抱着我跳下去了。

啊，温香软玉在怀，可惜了我只是个数学家不会写诗。

好不容易平安到了地面，我回头一看，远处的那架飞机越飞越高，在高空爆炸了。

爆炸发出的剧烈火光，看起来像电影一般夸张而炫目。

我吓得沉默了好久。

唐倾霏却冷静得多，她解开身上伞包的束带，问苏淼："你到底是谁？"

"来救你的人。"

我也转向苏淼："那我们现在去哪儿？"

"我们死了，死于飞机事故。眼下最危险的地方就是最安全的地方，所以回研究所吧。"

——于是我们回到研究所，应苏淼的要求，到地下实验室藏身。

"天空"就被安置在这里。它是亿亿级超级计算机，每秒能进行亿亿次浮点运算。作为战后最强的超级计算机，它还嵌制了动态随机存储器、电压调控模组以及千兆位以太网，可外观设计仍然很简洁，此刻它就伫立在那儿，像个方方正正的小柜子似的，发射端小口射出幽蓝的光。实验室里的制冷设备正发出阴沉的声响，而我，冻得像个孙子似的。

"苏淼，你得解释清楚，这到底是怎么回事。"想到几米之上的地面就是 6 月的斯德哥尔摩，温暖晴朗的日子一连多天，而这里的气温却只有十几度，我的心更凉了。

"新的战争要开始了。岑晟，很抱歉把你牵扯进来，可你正是解决这一切的关键。"

"淼淼，喂，你话说清楚点啊，你你你不要吓我。你是说，我成为一场战争的关键？"

"可以这样说，"苏淼直视我的眼睛，"你，是救世主。"

噗…………

"还记得你看到的文件吗？那只是一个子目录，所以你看到的只是项目的主体程序部分，你可知这个程序是为了什么？"

"那程序包含一个相当高效的算法，和我之前提出的算法遴选结构很像。"我说到这，忽然一惊，寒意更盛，"那是你们的算法？就因为它的原理和我之前发表的论文里提到的算法很接近，所以你们找来了我？你们要干什么？我的算法又有什么用途？"

"你还和以前一样敏感聪明，"苏淼叹口气，"没错，正是因为你的独立研究和这个算法高度吻合，所以只能找你来。"

"你不是说你的上峰要找我吗？他是谁？"

"我没见过。他只跟我们单线联系。据我推测他应该是国家防备局的人——你知道，红色战争之后防备局与许多国家的情报机构有合作。这个研究所里，"苏淼指指唐倾霏，"比如唐小姐参与的'伊甸园'，就是他们合作的项目之一。"

唐倾霏不置可否。

"不过这个项目却是绝密的。"苏淼说。

"呵呵，政府的东西不都是绝密的吗？"

"不一样，这个必须要绝密。因为它违反基本的普世价值和人性。"

"……你是什么意思？"

"你是怎么描述你的算法的？通过残酷的算法间的竞争来遴选出优质的算法，以此解决课题，对吧？伊甸园项目的真正目的也是如此，不过要把算法改成人。"

寒冷和震惊使我感到空气都沉重起来，裸露的手臂泛起一层鸡皮疙瘩。

"别开玩笑。你只是个普通的小员工吧？如果事实真相你说的这样没有人性，那些政府要员们怎么会轻易把它透露给你？"

苏淼转过脸去："我当然知道。"她的声音是压抑着的悲伤，"我是'伊甸园'项目前期的第一批试验品。"

时间小小的停顿了一下。恍惚间我看见十几年前，苏淼和我都还是七八岁大的孩子时那快乐天真的模样。

那时我的父母都还活着，和苏淼的父母在同一个科研机构工作。可那次坠机事件之后，我和她都成了孤儿。各自被领养，从此再无联络。

"他们对你做了什么？"我感到心口发紧。

"红色战争的时候双方动用了一批基因炸弹。你知道它的原理吗？"

我摇摇头。

"人体内有特定的基因决定其眼睛、头发和皮肤的颜色，易患的疾病，族群，理论上说，只要分析特定人群与其共同祖先相联系的基因原型，就可以进行准确的基因定位。基因炸弹将携带特种病毒或细菌，根据一些基因特征判断某个人的基因类型，从而只作用特定人群，破坏其免疫系统，产生致命杀伤效果。"

"这和算法有什么关系？"

"可那实际上是个骗局。基因炸弹确实被制造出来，可因为它的整个系统太低效，所以投放战场后最终遭受死亡的，并不像官方所称，是敌方的军队——还有大量的平民，甚至，有己方的军人和平民。岑晟，那次战争的死亡人数不是教科书上的几十万人，而是几百万人。"

"官方一直在说谎？"唐倾霏也表达了震惊。

"这也是不得已。原本政府失去的信任也已经够多了。最关键的是，战争后因为基因炸弹的流害，出现了许多新型的疾病。残疾、饥荒和贫穷导致更多的暴乱，在这样的绝境下，政府间展开紧密的合作，共同开发一个新的项目'伊甸园'。它的核心，就是为基因炸弹判断哪些人会被抹杀时提供高效的遴选算法。它的原理，正符合你独立研究出的，肮脏算法。"

"……的确够肮脏。"

"伊甸园项目的末端是导弹发射系统，算法连通着导弹里携带的基因炸弹，导弹发射后，里面的基因病毒就会进入大气或土壤中，此时算法开始遴选进程，凡是拥有符合初始设置的基因类型的人，都会被基因病毒锁定，很快就会死去……"

"那你经受的实验是怎么回事？"唐倾霏问。

"十七岁那年我考上军校，后来被征用到一个秘密研究所。我在那待了三个月，被注射了几百种试剂。然后，我活了下来。"苏淼漂亮的大眼睛里波澜不起，"因此我作为一个特例被留下研究，后来因为出色的表现而成为研究所的一员，之后，去军队任职。我离开研究所的时候偷偷找到一些文件，这才知道政府的秘密……这次，基因炸弹不再针对敌方，说实话，现在没什么敌方。"

"那是针对什么？"我攥紧了拳。

"你虽然不是负责伊甸园全部项目的，但你也该知道，伊甸园的基因库里有几百万基因样本吧？"苏淼转向唐倾霏。

"是的。据说这是从人类基因库的数据库里借来的。"

"不，你错了。这几百万基因样本的来源，正是上次基因战争中的受害者。他们因为严重的基因疾病失去了行为能力，成为了社会的负担，还有许多加入反政府武装和恐怖组织。于是政府就决定利用那个算法，将他们……全部抹杀。"

"也就是说，创造一个由算法判定而留下的，满是顺从者的世界？"我惊呆了。

"可以这样说。他们叫它'伊甸园'也有这个含义。其实它更像是个人类净化计划。他们利用复杂的算法评估人的价值，留下那些体能更强健、大脑更聪明的人……以此，人类种群得到优化，摆脱堕落，而重新回到'伊甸园'。"

"我才几年没学历史，没想到历史就倒退得这样厉害。"我满怀震惊，忽然想到了什么，"所以，你不是来帮助政府的？"

"我是从死神手里逃出来的人。那时候我就发誓我不为任何势力效力。"苏淼转向唐倾霏，"没错，我是来阻止这个项目启动的。"

"抱歉，其实我对这项目的真正目的一无所知。"唐倾霏回答。

"可以理解。我知道'伊甸园'是分别运作的。"

"我想给你们看样东西。"唐倾霏神情更加严肃，使她的脸显现出一种大理石雕塑般的圣洁，"也请你们相信我。在知道了这个真相后，我不会做政府的帮凶，去杀害无辜的平民。"

她从无尘服的衣服兜里掏出一个小金属片儿。它大概十厘米长，灰色，上面布满细密的纹路，像把小尺子。

"这是？"我有个猜测，但没说。

"'天空'的钥匙。"

——果然。

唐倾霏拿着它走向超级计算机。金属片顺利地被插进这个"小柜子"。

它的外表没有任何变化。

而在它的内部，成千上万的数据流开始涌动，它们彼此交错穿梭，通过密密麻麻的计算机元件，以光的速度迅速分散和集合。

"天空"正在醒来。

25 小时前

斯德哥尔摩大教堂。

年轻的主教内侍觉得，今天的主教有点行为异常。他一直若有所思的翻阅书籍，像在等待着什么。

"主教先生，有什么要我帮忙的吗?"他斗胆过去问了一句。

"没什么，你先去休息吧。"主教回答。

他……在看《圣经》。

据说主教年轻的时候就可以将《圣经》全本以拉丁文背写出，这一技能为他的进阶之路增加了不少砝码。可此刻，他为何要呆坐在这里看它？

主教内侍满腹疑虑，还是退下了。

"布尔辛基主教在等我。"一个浑厚的男中音在门口响起，听到这话，教堂的工作人员疑惑地回头看主教。

主教抬起头，与来者对视。

"请进。"

"你不在你的办公室接见我，而选在教堂，是为了省一杯茶吗？"来者微笑着说。

"这里更宽敞，更美丽。我们的教堂很古老，快一千年了。"

"一千年，刚好是新纪元该开始的时间呢。"

教堂塔楼的钟声忽然响了起来。

"安德鲁先生此番前来，还是为了那件事吧？"主教摩挲着书页，抬起头沉静地问来者。

"没错。不过我们最近出了一点小纰漏，幸而我很快可以解决它。"安德鲁想，他坐了十几个小时的飞机从国会山飞到这儿，可不是为了看教堂里伯恩特·诺特科雕琢的《圣乔治和火龙》木雕的。

"上帝保佑你，安德鲁先生。"

"谢谢您，主教。现在我们重新商量那件事吧。"

"恕我不能从命。"

安德鲁没料到这回他会拒绝得这么干脆。

可计划必须实行。箭在弦上不得不发。

25 小时后，伊甸园项目将按照计划启动，届时，所有被初始参数锁定的人群都将感染"专属流感"，在短时间内从世上被抹去。政府要重新树立权威，世界要重新确立秩序。当争取异端的支持变得太艰难，并且将增加更多战乱时，简单直接地进行杀戮是可以被理解的。

有进步就必然要有牺牲。为了一部分人的生存，另一部分人必须要被毁灭。安德鲁知道自己在做什么，他也甘愿背负骂名。

犹大是可耻的，可正是他的背叛捧出了耶稣。卑劣的行径才能衬托出良知的神圣。他不相信地狱——也不在乎它。

他只要在现世里把握命脉，改变潮流。

其实十几年前安德鲁第一次听闻这个项目的最终目的时也是无比震惊的——要判断出人的优劣，并将"劣质"的抹去？这太残酷，也绝无可能。

直到他认识了一个提供了系统最终算法的科学家，从他那里了解了事物的法则。他忽然意识到，也许并不是人设计算法，而是人发现算法。这不是一个单纯的程序——而是世界的公理。人服从公理，并因公理而死，这是理所应当的。优胜劣汰是自然的法则，而他们的工作只不过是将这一缓慢的进程加快了而已。

"那么，主教，能给我一个拒绝的理由吗？"

"我只知道，人不能做上帝的事情。"

"我以为您是上帝在人间的代言人。我们的合作理所应当。计划启动以后，急需稳定的精神领袖，您应该担负起这个责任。甚至梵蒂冈那边您都不必介怀，我们完全有能力扶持一个新的神权中心。"

"那教皇为何拒绝您呢，安德鲁先生？"主教的神情依旧淡然，只是眼神里……是某种悲悯。

"教皇年纪大了，多少有些顽固。虽然他明知他的投资

16 小时前

此刻，我们坐在赛莉·金斯莱研究员的家里面面相觑。

"茶还是咖啡？抱歉，我这里只有咖啡——啊有点结块儿了，真抱歉，我不常回家。"

但她还是手忙脚乱地给我们煮了一锅味道很怪的……额，如果这算咖啡的话。

她邋遢的生活习惯和她美艳的外表完全不搭调。赛莉是个大美人儿。在考虑到她是伊甸园项目的负责人，算个科学家的情况下，她在科学界简直是倾国倾城。

她三十岁左右，即使穿着一身灰色的便服仍无法掩盖火辣的身材。她有电影明星般闪亮的金色长发，琥珀色的大眼睛里闪烁清澈的光彩。

一天前我们还在地下实验室的时候，我在那台超级计算机上测试了自己带来的算法——结果令人吃惊。自组织形态出现后，系统的精确度自发达到原子级。可以想象，一旦这个程式用来设定基因炸弹，后果将多么恐怖。

可一直在这躲藏也不是办法，幸而唐倾霏提议我们到她的同事——也是她父亲，项目的首席负责人唐稣的助理赛莉·金斯莱家藏身。一番周折后，我们来到了这个小公寓。

"赛莉，你真的从没见过项目主控室的样子?"唐倾霏边喝咖啡边问。

"没有。你知道研究所有一大片研究室，而唐先生每次都从不同科室的门进入——所以我猜想各个研究室之间应该彼此联通。他用迷宫的方法隐藏了主控室的位置。"

"现在的当务之急，是送岑晟博士到主控室里更改初始设置，否则项目一启动，那些本就受到损害的人就会死去。"唐倾霏说。

怪不得被叫成救世主。我自嘲地想着。的确，现在这个世界上，能了解和运行那个算法的只有我和唐稣两个人。唐稣不知去向，而且他绝不会自己更改那个算法，所以，只能靠我了。

"可你们也看见了，现在研究所附近全是警察，唐姑娘又被说成是危害国际安全，我们回那里不被抓起来才怪。关键是，我们根本找不到主控室。"

"可我一直联系不上我父亲。"唐倾霏此刻忽然显得宁静而脆弱。

"我也没有联系到唐先生。"赛莉说。她的神情有些迟疑，"克莱尔（唐倾霏的外文名），关于你父亲我有些话想告诉你。"

"是那天你来我父亲的别墅时他对你说的话吗？"唐倾霏问。

赛莉有点吃惊，"是的，当时你也在？"

"我就在楼上。"

"那么你是知道你父亲的态度了。"

"是的。我感到困惑和失望。父亲不该是这样的人，即使他再希望测试自己的项目，也不该做大屠杀的帮凶。"

帮凶。分明是始作俑者啊。

"他莫非有苦衷？你最近处境危险，莫非政府拿你做人质？"苏淼问。

"即使那样也不会的。他可以和我商量。我们甚至可以对政府声称算法有错误，推迟启动时间。"唐倾霏摇摇头。

"自 1809 年以来，瑞典就没有过战乱。和前两次世界大战一样，'红色战争'时期瑞典也宣布为中立国，斯德哥尔摩是一座有和平传统的城市。"赛莉说，神色悲凉，"可没想到，眼下有一场大屠杀要从此开始。"

"那我们就来阻止它。"苏淼的眼睛闪闪发光，"他们设置了锁，而我们，有钥匙。"她转头看我。

"喂，你知道你小时候这样看我时，我就不会推辞任何事。"我举起双手做投降状。

真是赶鸭子上架，赶数学家去拯救世界。

也许前面是一死。死就死吧。死在这三朵金花下，我赚够本儿了。

15 小时前

威廉·迪尔曼注视窗外漆黑的夜晚，像在与魔鬼对视。

唐龢死了。这个他最得力的同盟自杀了。

这也意味着，唐龢遵守了约定，修改了伊甸园计划的原始参数。这将使基因炸弹的目标人群不再是 NSC 和几个联邦国原定的，那些红色战争的受害者——随时可能与政府对抗的平民和暴徒，而是这些妄想通过此举改变世界的政府要员们。"一群自以为是的马基雅维利主义者"。威廉一开始就对他们充满了不屑——多天真啊。他们不知道世界正是由这些底层的、普通的人来运行的。暴乱不会因暴徒的死而消失，仇恨是个独立存在的力量，无法消灭。

金钱。只有金钱可以与仇恨相抗衡。威廉·迪尔曼深切地明白，财富正是从那些没有财富的人身上所聚集和累积的。政府孤注一掷的行为要毁掉他的摇钱树，这他绝不允许。

其实他又何尝不知道，在自己强势入股这个计划时，政府的要员们就对他充满了戒心——可他们太需要他的金钱。十几年来，迪尔曼倾尽心血，是他的财力支持才换来"伊甸园"的诞生。

如今，是收获的时候了。

安德鲁·乔纳森无法得知他修改初始设定的事。即使知道，唐穌的死，也使得他们失去了唯一能将参数更改回来的人——多亏了唐穌独一无二的算法和设计。

"迪尔曼先生，您有一位访客。"轻柔的女声打破了办公室的寂静。公司大楼的 AI 话音刚落，就传送了一个图像过来。

"塞拉斯……"威廉皱起眉。这人是国家勘测局的一员，年纪很轻即身居高位，是个心狠手辣的家伙。威廉只见过他两面，一次在电视访谈里，他坐在主持人对面，一直露出令人厌恶的笑容，他谈着政府在红色战争结束后为了稳定作出的贡献——虚伪至极。另一次是在一年前的项目集会上——"迪尔曼先生，感谢您对国家的投资。"塞拉斯主动来握手，他的手又凉又湿，像五条泥鳅。

"伊甸园项目同样支持了我公司的前沿科技研究，我也感谢当局对我的信任。"

"当然，信任比什么都重要。"塞拉斯眨眨眼。

"让他进来。"威廉从回忆里回过神，极不情愿地说。

——塞拉斯承认自己在冒险。

在这个节骨眼儿上走漏任何风声，自己都将死无全尸。电梯门在面前打开，他踏进去——像踏在云上一样。迪尔曼公司的基本事务都由 AI 负责，充满了冰冷而虚无的空旷感。他从兜里掏出一个小小的 U 盘，插进电梯里的 USB 插口。他看了看自己的手表，上面与 U 盘同步的小灯亮了起来。

"晚上好。"威廉·迪尔曼办公室的电梯门打开了、但里面的人却没有马上走出来。

"好久不见，迪尔曼先生。"塞拉斯微笑着说。

"的确。"威廉露出一个微笑。一年前当他收到那个秘密电邮的时候，就注意到了上面的保密条款：非紧急情况，请勿见面。

可塞拉斯承诺会在事成之后给他更大的经济政策支持，威廉·迪尔曼虽然讨厌他，却还是接受了这单不错的生意。之后他们的联系就完全通过电邮，以至于威廉觉得网络那边存在的不是一个同盟者，而是一个幽灵。

"唐稣死了，我们的计划已经万无一失。"

"可有个小纰漏。唐稣的死讯不该这么快传到 NSC 的。你知道，安德鲁的直觉像狗鼻子一样灵敏，他会怀疑项目出了问题——事实上，他现在也在斯德哥尔摩，就为了亲自来验证伊甸园的安全性。"塞拉斯余光一扫，自己手表上的显示灯熄灭了。

传送完成。

"国王不该离开他的城堡。攻城略地是骑士的事情，他这么做是自寻死路。"

"可他手中的棋子比我们多，随时可以翻转，将我们的军。"塞拉斯向威廉走近。

"哈哈，塞拉斯先生，您是不相信我么？"

"不。我只是确认您能在之后保守秘密。唐穌的死讯如此迅捷地传到他人耳中，使我有点不安。这也给将来的行动带来潜在的危机。"

"那您能怎么办？事已至此。而且即使安德鲁发现数据被更改，他也无能为力。"威廉想尽量显得平静。塞拉斯离自己越来越近，他觉得有点压迫感。

"是啊。可我说过，要确保万无一失。"塞拉斯迅捷地掏出装了消声器的手枪，朝威廉连开三枪，"而我知道，保守秘密的最好方法就是让保守秘密的人消失。"

威廉·迪尔曼仍保持死前那个震惊的姿势，他瞪圆了眼睛。

塞拉斯一分钟也没耽搁，迅速打开办公桌上的主控电脑。页面显示 U 盘里的病毒已成功投放。

"您好，请问有什么需要帮助的吗？"AI 被再次唤醒，一张美丽的女性面孔在屋内的全息影屏内显现出来。

"显示威廉·迪尔曼的全部信息。"

"权限提示：您没有权利执行此操作。请进入虹膜识别程序。"

塞拉斯拎起威廉·迪尔曼的尸体，将他的头靠近了那个小窗口。一边想着，幸好我没有打中他的眼睛。

"识别通过。资料显示中。"

塞拉斯找到私密电邮一栏，点击：全部删除。

"显示伊甸园的全部信息。"

"资料显示中。"

塞拉斯找到参数设定一栏：一个文件夹。他知道，这里的参数指向的，是自己的同僚。十几个小时后，伊甸园项目启动之时，他们将成为基因炸弹的标靶。

而自己，将独自存活。

脑中想起安德鲁·乔纳森制定的 NSC 章程：

"NSC 的每个成员，都可以在总统无法行使职权后代行总统职责。"

他兴冲冲地点开它。

"提示：空文件夹。文件或被加密或移动。"

震惊缓慢地替换了兴奋。

是谁？威廉·迪尔曼还留了一手吗？

那么项目启动之后，标靶会是谁？

计划有变。

明天。啊明天。

他本该成为这个国家新的领导者。

可眼下，无法掌控的事情发生了。

塞拉斯短暂思虑之后，打开病毒，点击运行。

"那么，就毁掉这一切吧。"

他不能留下分毫证据，这样还能全身而退。这，也是自己曾设想的结局里最差的一种。

威廉·迪尔曼的圆形办公室内，细密光纤的顶层闪烁起来。十几个小时之后，毁灭机制将被启动。届时，如果有人对 AI 提出直接面见威廉·迪尔曼的要求（那此人必是迪尔曼的余党），病毒就会释放，导致主电脑短路。这将激起连环火花引发剧烈爆炸，彻底炸毁这整幢大楼和这个可怜的来见迪尔曼的通风报信者。

让证据连同希望一起被销毁吧。塞拉斯拔下 U 盘，走出迪尔曼公司的大楼。如同一个没有实体的幽灵般，重新融入浓稠的黑夜中。

12 小时前

"我走前面吧。"思虑片刻，我艰难地说。心中却对那个黑洞洞的地下阶梯充满恐惧。

苏淼冷笑一声，抬手把我拨到一边，径直往里走了。

好吧。我在心里迅速安慰自己：她是军人嘛，勇敢一点，理所应当。我可只是个应受到保护的平民诶。

我跟在苏淼身后，打开手机的电筒照亮。唐倾霏和赛莉也跟上来，她们的气息不断地冲击我的脖后。半小时前，赛莉开车把我们送到了这个废弃的小仓库。

这一切多亏了唐倾霏。当我们对如何回到研究所一筹莫展时，她拿出一部手机——

"这是爸爸让我回从前的寓所拿的。点开手机里的地图软件，我看到了这个——"

"地下通道。"苏淼说，"你父亲给你看了他的秘密通道。"

"就在这个小仓库里?"

"是的。你看。这里离研究所非常近。我猜这秘道很有可能直通研究所。"

——于是我们就过来验证猜想了。没想到小仓库的地下，真的别有洞天。真是地道——我了个擦，唐穌到底在搞什么。地道战吗?

"这个通道看起来时间很久了。不会是我爸爸新建的。"唐倾霏说。

"可能是战时需要吧。"苏淼走得飞快，似乎急不可耐想走到头。

"不会的，斯德哥尔摩没有战争。"

"没有? 眼下不就是了?"苏淼哼了一声。

大概走了十几分钟，气温开始下降，我们猜想这附近说不定是藏着"天空"的地下实验室。忽然苏淼停了下来。

"怎么了?"我好奇地上前，却差点把手机吓掉。

那通道的一侧，躺着一具尸骨。似乎是因为气温较低的缘故，保存得还很完好。

唐倾霏和赛莉都吓得不敢做声。苏淼俯身检查了一下，平静地说："是了，这果然不是唐先生自己建的地道。这人死了许多年了。我猜想，这是红色战争时期用来藏匿科学家的地道。"

　　"红色战争没有波及瑞典，那为何要修地下防御工事？"我强作镇定。

　　"谁说没有波及？"苏淼继续向前走，"越是战乱，科学和知识就越珍贵。想想战后最强的超级计算机在哪里吧，这不是巧合。"

　　我们都默不作声。

　　但想到唐穌曾平静出入于这个躺着尸体的地方，我多少能理解他为何会做政府的帮凶——果然没人性。

　　"我们到了。"唐倾霏忽然说。她指指手机：显示目的地的红色小点与我们现在的位置重合了。

　　一转弯，就看到一个向上的楼梯。

　　"我先上去探听下门后的情况，再做手势叫你们上来。"苏淼小声说，悄声踏上去，掏出一个圆筒形的东西贴着门来回移动，眼睛凑过去看。她这样扫描了很久，才给了我们一个可以上来的手势。

　　门被打开了。

是唐穌的办公室。

这似乎理所应当。又是那么不同寻常。

"晚上好。"

黑暗中响起一个浑厚的男子声音。纯正的美式英语。

灯光大亮。

一个精壮的中年男子坐在我们正对面的沙发上，微笑地看着我们。

精壮是指他的身材：身子高大，肌肉的轮廓仍然明显。端正的坐姿让人联想起他当过军人，但岁月还是在他的脸上留下了痕迹：他看上去起码有五十岁了。他有一张坦诚明快的脸，头发和眉毛都是银灰色，棕色眼睛闪着胜券在握的神采。

我和我的小伙伴们都惊呆了。

还是苏淼先反应过来，她掏出手枪，"安德鲁·乔纳森先生，我在电视上见过您。我是您的一个普通属下，恐怕您没见过我。"

"现在见面还不算晚。"安德鲁微笑着对她说，好像她手上拿的不是枪，而是一朵玫瑰花似的。

"玻璃？"苏淼忽然一惊，"你在玻璃后面？怪不得刚才我的探测器没有任何反应。"

"这不是防弹玻璃，你尽可以开枪。"安德鲁说。

苏淼开枪了。

子弹瞬间击碎了玻璃，然后射穿了沙发——一个幻影？

"全息影像？"苏淼愤怒地大吼一声。现在，全完了。

这个神出鬼没的安德鲁到底在哪？

我们刚刚暴露了自己的位置。我感到无数布置在这里的人员正在向这儿聚集。

——卧槽，不会被杀吧？

我才二十四岁啊！

这是……本命年流年不不利……吗……

11 小时前

安德鲁知道自己成功了一半。

"岑晟博士，你是个很有作为的年轻人。"这是实话。他没想到还有人能理解唐稣的算法——而且，天啊，他手下的科学家们用了几年时间完善的东西，这个岑晟几个月就独自完成了。

"我还是不明白你的意思。你所说的一切我也不感兴趣。"

"我读过你的论文。我知道你能替代唐稣完成我们的工作。"

"更改参数，帮你们杀人吗？"年轻人很不屑。

"不，是救人。"安德鲁说，"想必你已经知道伊甸园项目将应用基因炸弹。而此刻，因为叛徒的存在，我和我的同僚们成为了炸弹的新标靶，危在旦夕。如果你不帮助我们的话，我们很快会死。"

"那你现在的做法，不像在求我吧。"

"不，我没有请求你，而是要求你。我在要求你的良知。"

"良知？你们也配谈这个？你们在杀那些无辜的人的时候是怎么想的？"

"你没有理解我的意思。不只我和同僚会死，与我们相关的，基因图谱类似的人也会死。这大概要有几千人。你明白吗？你的袖手旁观会让几千人送命。"

"噢？现在你倒珍惜起生命来了？你们本来可要杀几百万人呢。"

"这是个错误，而我决定挽回。"安德鲁感到心中涌起一股盛大的苍凉，"请你更改参数，将它调整为静默。也就是说，基因炸弹启动后，没有人会死。"

眼前的年轻人沉默了。安德鲁知道自己已打动了他。

"你说的可是真的？"

"当然。毕竟，只有你会调整算法，打破原始的逻辑链条。没有人能逼迫你的思想。只要你同意帮我们修正，我们现在就可以去主控室。"

"我该怎么相信你？"

"我说过，这取决于你。"安德鲁敲敲自己高挺的鼻子。

"好，带我去。"

另一半也成功了。

10 小时前

没有主控室。

看样子，安德鲁和我们一样困惑。答应帮他修改算法后，我们就去找主控室，可是兜兜转转了一个多小时，什么发现都没有。

唐稣真是个老狐狸。

"不可能，要启动伊甸园，一定要利用超级计算机，所以主控室一定在研究所。"赛莉·金斯莱说。

安德鲁——这老谋深算的老头一直皱眉不语。他忽然转向唐倾霏："克莱尔小姐，你父亲可给过你什么东西？类似钥匙，或者电子设备之类？"

唐倾霏愣了一下，她淡淡地说："没有。我好几天没有联系上他。"

"这是真的？克莱尔，你要明白这关系到生死存亡——NSC 这个机构的重要性你是知道的，如果我和同僚们全部死亡，这个世界将更加混乱，战争会重来。更何况，是你的父亲修改了这个参数。可以说，是他在杀死我们。"

唐倾霏神色更冷，"抱歉，我不相信父亲会做出这样的事情。"

"你们怎么知道自己确实被基因炸弹锁定了？"我问安德鲁。

"在建设伊甸园项目的初始，我就考虑到这种可能，所以做了链接项目主电脑的网络标记。参数的修改，我随时都会知道。"

又一只老狐狸。

"你们又怎么能确保基因锁定那么精确的？"

"我们提取了百万个样本，这是真正的数据洪流。所以这也是项目算法的优越性——它为这种混乱情况定规则。基因炸弹完全可以做到只杀特定的某一类甚或某几个人。"

"可你们强行终止这个项目就可以了啊，干脆炸掉什么的。"

"不可能，一星期前整个系统就已进入倒计时启动状态，设计初期为了不泄密而省略中间环节，导弹的发射和伊甸园的主体程序是连带在一起的。如果导弹留在发射井里不按时发射，而伊甸园的程序又按时启动，基因炸弹就会在导弹内开始算法遴选进程。万一发生泄漏，那么受害者将是美国本土的国民。除非像你和唐稣那样可以更改算法的人将其调试回静默状态，否则，程序的启动是不可改变的。"安德鲁忽然转向唐倾霏，"所以为了大家的生命考虑，克莱尔小姐，你必须把你兜里的东西拿出来。我知道，那是你父亲给你的。请为了我们大家，拿出来吧。"

她垂下眼睛。将手从兜里拿出，手中是那个手机。

"我现在暂时相信你。"她说，"不过你要表现出更大的诚意。"

安德鲁卸下配枪递给赛莉·金斯莱，又从靴子里掏出一把小到可以藏在手中的手枪和一支精致的匕首分别递给我和唐倾霏。"我将武器给你们。而且我现在就签署一份保密协议，确保你们在本次行动之后的绝对安全。"他笑了，"我是美国国家安全事务助理，总统的代言人，我可以给出任何你们想要的东西。"

"好。"

唐倾霏把手机递了上去。

9 小时前

蒙大拿州马姆斯特罗姆空军基地。

农场里安格斯牛在四处吃草，树林里黑尾鹿与叉角羚正奔跑跳跃。

而不远处，重达 4200 磅的升降机在更换发射井内的军用器材；巨型工程车在砂砾层上轧轧作响，运载着工兵养护队赶来设置"制门器"——8000 余包橘黄色的沙袋被塞满了几十公斤重的沙子，准备用来固定发射舱门；维护人员们小心翼翼地将发射管内的监控器打开，检查导弹弹头部位的新式制导装置。

"光荣"号导弹系统即将启动。

斯塔克·坎普上校用冷水拍了拍自己的脸。又一个无眠的夜晚过去了。

6 月 6 号——计划启动的日期。

总统下午要来这里。基地严阵以待，事实上，三天前这附近就戒严了。这三天他们一直对"光荣"号导弹进行调试——虽然他不知这导弹的标靶是什么，甚至也不知导弹携带的是什么。他只知道自己要发射它。

此刻斯塔克心里忽然泛起一阵寒意——6月6日。

这也是魔鬼之子的诞生日。

这会在日后被阴谋论者当话柄吧。斯塔克暗想，他输入密码，乘电梯下到地下二十米深处的发射控制中心（LCC）。

这里由四个气冲隔离装置组成，能在附近发生核爆时保护人员和设备。紧急情况下，LCC里的工作人员甚至能以手摇装置用超氧化钾制造氧气。

一个地下堡垒，完美的地下堡垒。

斯塔克摩挲着手指，看着那一排排电子机柜出了神——总统为何要亲自来基地？莫非是要用这做临时指挥部？"光荣"到底携带了什么？

"上峰"还没有联系他，斯塔克有些不安。若一直没有新的指示，他就只能完全执行总统的命令了。

这个神秘"上峰"在五年前与自己取得了联系，此人一直通过植入斯塔克体内的芯片遥控指挥，斯塔克因而在光荣号导弹中增加了不少"改装"。可即使已经从事了如此冒险的活动，斯塔克却从未见过这位神秘人，甚至不知他是男是女。

可他似乎有着无穷的智慧和力量，斯塔克只得对他言听计从。

——就在这个时候，手臂传来熟悉的刺痛。

那是信号。根植在自己手臂皮肤下的芯片开始工作了。刺痛的强度和发生的时间间隔形成一个摩尔斯密码，斯塔克屏住呼吸，默默地感应着。

他吃惊地睁大眼睛。

刺痛明明白白地昭示了一个信息。

"我将来见你。"

8 小时前

想到仅仅两个小时前，我们还在正邪莫辩的安德鲁·乔纳森的钳制下，战战兢兢地按着唐稣手机里的提示回到他的办公室搜寻线索，而此刻，我们却在苏淼的帮助下成功摆脱了他，重新躲进地下实验室。就不得不感叹——这一切真他妈是个轮回啊。我们费了这么大劲儿逃出这个地方，在喝了一肚子没冲开的咖啡后，又回来了。

而且，我真他妈饿啊。

此刻，我们的面前是一个小小的白色金属箱子。

伊甸园计划的主控室并不在研究所。它——就是这个小箱子。

伟大的事物通常比我们想象的要渺小。

箱中是一个几乎全透明的显示屏。而我们知道，就在这透明里，运行着"肮脏算法"。

屏幕上是一系列字符串，苏淼问我："你能找到参数设置的选项吗？"

"我试一下，你们要耐心等。"

显示屏投影出一个激光键盘，我的手指在光影下飞快操作起来。

就在我专心看算法的时候，身后忽然传来一声悲恸的哭泣。

是唐倾霏。

"怎么了克莱尔?"赛莉急忙过去安慰。

"是……我父亲留下的视频……"唐倾霏颤抖着拿着那部手机,泪流满面。

我们看到,那是一些家庭录像。画面里的小孩儿只有几岁大,那应是幼时的唐倾霏。

"不管怎么说,你父亲是爱你的。"苏淼轻声说,"手机里还有什么信息可以显示他的去向吗?或许,找到他,是解决整件事的关键。"

"不,我们永远也找不到他了,"唐倾霏失声痛哭,"我父亲他死了!"

苏淼夺过手机,焦急地翻看——视频的最后是唐穌的影像,他站在实验室里,对着画面之外,温和地微笑,"我的孩子,当你看到这部视频的时候,我已经死了。希望这是我留给你的最后的礼物。我爱你,青青。"

大家都默不作声。只有唐倾霏在哭泣。

他死了。我们永远也找不到他了。

这个世界上,能解决那个算法的,真的只剩下我自己了。

忽然一个硬物抵住我的后脑，"岑晟博士，现在快来解决算法吧。我们时间不多。"

是赛莉·金斯莱。

"你要干什么？你到底是谁？"苏淼立即反应过来，举枪对着赛莉。

"我却知道你是谁。苏淼，你不仅是安德鲁·乔纳森的手下，也是他派来的间谍。"

我倒吸一口凉气。到底该相信谁？

"你在说什么鬼话。"苏淼不为所动。

"别忘了我是伊甸园项目的协调员，我从一开始就知道这个项目是要做什么。但我知道凭自己是不可能战胜政府的，所以只能保持沉默。"赛莉的语气非常坚定，"我获取了组织的信任，有资格检查基因样本——所以我看到了你的样本和信息。"

苏淼眼里掠过一丝慌乱。

"你的基因已经被改造了。你不是基因实验的牺牲品，而是基因实验的产品。你在为 NSC 做事，你假扮好人欺骗岑晟博士，还与安德鲁合演了这一出戏，否则刚才他怎么可能这么轻易就被我们摆脱？实际上那所谓的静默状态根本不存在！你只是想引诱岑晟帮你们修改到合适的参数罢了！"

"这个算法只有岑晟能了解和设置，即使我真像你推测的这样，我又怎么能控制岑晟的思想呢？"

"你当然可以。"赛莉似乎不愿说下去，"你知道他深深地爱着你。"

一阵寂静。

"赛莉小姐，您多虑了。即使真是如此，我也不会帮任何人去杀谁的。"我鼓起勇气打破了僵局。

"我没时间管那么多。本以为跟着你们能找到唐稣，可现在他死了，我只能指望你更改程序。"赛莉的枪口更加靠近，顶得我脑袋生疼，"无论如何，我要你让这个算法停下来。"

"我也这样希望。可是里面的数据太多了，而且早在一星期前算法的遴选部分就已经开始了。想找到'归零'的那点需要很多时间。"冷汗顺着我的脸滑下来，"而且，不是说要靠超级计算机进行运算吗？只要停止这个进程，不也能阻止程序的最终启动吗？"

"没有用的，"唐倾霏终于恢复了冷静，"如果那样的话，基因炸弹将失去判别能力，它们将变成普通的生化武器，并且将如同上次红色战争一样，许多未被设定为目标人群的人也会受到无差别攻击……那会死更多的人，也许……是几亿……"

"那毁掉那些运载基因炸弹的导弹呢？"

"谈何容易，它们早就已经在发射井里待命了。除了NSC的命令，谁也不能阻止发射。"赛莉说，"唯一的办法就是靠你更改原始参数。"

我的手在激光键盘上一扫而过。

"那么，先放下枪。我会尽力。"

7 小时前

南美·红四聚居区。

他把白色兜帽放下来，戴上墨镜。

直升机带起猎猎大风，聚居区里一群孩子好奇地跑出来看。他们和万里之外的红一区的孩子们一样，也患有严重的基因疾病，形态各异，像群会动的疾病标本。他们可怜到甚至意识不到自己的可怜。

这一切应该结束了。

他透过飞机的旋窗打量下方越来越远的大地。战争与和平，存在与毁灭，这些在他将要做的事情面前都渺小得失去了意义。

我的孩子，等我来告诉你，你早有所闻的故事吧。

4 小时前

我和苏淼站在混乱拥挤的人群中，迪尔曼公司的大楼爆炸了。两小时前。

那时赛莉·金斯莱和唐倾霏应该正在里面。

不知为何，我怎样也找不到参数设置的选项，于是赛莉夺走了那个箱子，还说服了唐倾霏同她合作，她们要去找迪尔曼公司的拥有者——威廉·迪尔曼。那家公司的主控电脑其实也相当于一个超级计算机，可以运行大型程序。她们想使用这个主控电脑运行我的算法，以此来中和"天空"里将要运行的唐稣的算法，从根源破坏遴选系统，使其不再标注"基因标靶"，这样即使导弹被发射，其携带的基因炸弹内的病毒也会因没有标靶而失去效力。

可迪尔曼大楼爆炸了。她们死了。

虽然认识不到三天，我还是对她们的遭遇非常感慨。可此刻一个更加紧急的事实是——我始终没有找到唐穌设定的初始参数，也就是说，基因炸弹即将启动。

"岑晟，我没想过要骗你。"苏淼看着大楼的滚滚浓烟说。

"你什么也不用说。"我摆摆手，"那个安德鲁要来找你了吧？你的工作还没完成。可你看到了，我真的是找不到更改参数的位置。不过，找到也没用了。那个箱子——伊甸园的'主控室'估计也在大爆炸里毁了。"

"这么一来，基因炸弹就变成无头苍蝇了……一切又变回到红色战争时的技术水平……还会有无辜的人受到牵连……我们说不定也会死。"苏淼眼里泛起泪光。

我心里一阵酸楚。把手，轻轻放在她的肩膀。

此时她的手机响了。

"是安德鲁的内线电话！"苏淼惊讶地看了我一眼，接起来。

"唐倾霏还没有死。她没有跟着赛莉进入迪尔曼公司的大楼。"

"那需要我做什么?"

"找到她。她手里有唐穌留下的备份程序。这个程序可以重新启动唐穌的算法。"

"她在哪儿?"我和苏淼都屏住了呼吸。

"斯德哥尔摩大教堂。"

3 小时前

斯德哥尔摩大教堂。

"我曾认识一个天才,他认为战争之后的世界千疮百孔,必须用强力的措施来改进。所以他提出了伊甸园计划,希望用基因炸弹一劳永逸地解决人口和资源的麻烦,利用那个算法遴选出对大环境有利的,抹杀对大环境有害的,以此来达到整个人类人种的快速净化。许多年过去了,我没能再找到他。只知道,他的名字叫方舟。"

"难道不该是诺亚吗?"塞拉斯轻蔑地笑笑。

"诺亚解救了众生,而方舟解救了上帝。"安德鲁·乔纳森向塞拉斯走去。他边走边把手背在身后,悄悄给总统发去信息："无论如何，推迟导弹发射！"

"这个叫方舟的人给你下了什么药，老兄？你相信他那套说辞，而要杀害几百万战争受难者，你不觉得残酷吗？"塞拉斯笑得很虚伪。

"方舟是个大数学家，是他发明了那套绝妙的算法。你一直就错了，算法不是唐稣发明的，他只是个使用者而已，你押错了宝。"

"可那个方舟不知去向，唐稣也死了。现在还有谁能更改算法呢？箭在弦上。"

"而你若不合作，就要比我们先死。"

塞拉斯低头，看到了自己身上的红点。这代表安德鲁的狙击手在某个地方盯视着自己。

"安德鲁，你不想见到唐稣的女儿克莱尔了吗？她手上有伊甸园项目的主控室。只有我知道她在哪儿，只有她能救你们。所以如果我死了，你也会死。"

"乐意奉陪。"安德鲁耸耸肩，似乎毫不在意。

"你轻率的决定会毁了许多人的一生。而你之所以对我讲方舟的事，是有什么要同我交换吧。"

"你交出唐倾霏，我放你走。"

"可你之后就会将我以叛国罪逮捕。"塞拉斯心头一冷。之前他一直以为自己的计划万无一失，没想到安德鲁还是追查到了这里。

"你有证人保护计划，还可以拿到总统亲自签署的特赦令。我会说服他。"

"可我现在就不安全。而你的保证毫无效力。"

"你没的选，"安德鲁起身快步走向他，"快告诉我，唐倾霏在哪儿！"

他忽然发现有什么冰冷又灼热的东西穿透了身体。脖子，腰部。它是如此锐利，以至于连疼痛感都迟滞了。

他只看见塞拉斯快速跑向教堂内侧。自己布置的狙击手因此开枪了，但没打中他。子弹叮叮当当地打在教堂的座椅上。

是激光线。

安德鲁在临死前的一瞬间明白是什么杀了自己。只是那一刻，他竟回想起被自己下令射杀的布尔辛基主教。他的脸朦胧而柔和，在虚空里闪现。

"安德鲁先生，很晚了，您该回家了。"

是啊。

我该回家了。

安德鲁张开双臂，向后倒去。只激起了一点尘埃与声响。

3 小时前

"你不是安德鲁的人?"此刻我和苏淼躲在教堂的一间屋子里，刚才我们目睹了塞拉斯杀害安德鲁的全过程，但苏淼没有出手救他。

"也是，也不是。"苏淼仰起脸来，"其实他死了，我反倒觉得轻松，现在，除了'上峰'，没人知道我的真实身份了。"

"'上峰'到底是谁?"

"我不知道。但他了解我的一切。"

莫名其妙。

我没有再问她。

"我们得跟着塞拉斯找到唐倾霏。她手机里的文件也许没那么简单。"苏淼打起精神。

"你是说，唐稣也许把自己最重要的东西都放在那个手机里了？"

"很大的可能。唐倾霏是关键。而现在时间紧迫。"

此时塞拉斯躲进另一个房间，我和苏淼紧跟着跑进去。

"你，你也在？"我吓了一跳。唐倾霏抱着一个大文件袋坐在房间里，而塞拉斯正在挪动一个书架。

"你们怎么找来的？"她疑惑极了。

"什么人？"塞拉斯举枪对着我们。

"是我的朋友，刚才你说，没人能解决唐稣的算法，而这个人就可以。"

塞拉斯是个眼神锐利的中年人，他打量我一眼，然后忽然把枪对准苏淼。

"不！我不是安德鲁的人！但我知道他说的那个叫方舟的天才，如果你想知道关于方舟的事情，就不要杀我！"苏淼立即明白自己的处境，赶忙辩解。

"我对那个方舟不感兴趣。"他拨动安全栓。"等等!"我说,"苏淼是我女朋友,我不允许任何人伤害他。现在没人知道伊甸园项目的初始值是什么,又该如何改变,除了我,谁都设置不了!"

塞拉斯短暂地思索了一会儿,"那过来帮我抬书架,臭小子。"

书架下方也是个秘道。这样说来,研究所的秘道不是唐穌修建的了。

我们几个走下去。

"这秘道通往哪儿?"唐倾霏问。

"斯德哥尔摩研究所。战时教堂是法外之地,因而人们连通了两地之间的秘道,方便在教堂里藏匿科学家。"塞拉斯回答。

"我竟然都不知道……那我父亲是被人害死的吗?"

"不,他是自杀。"

"被逼迫的吗?"

"差不多。是被安德鲁那些人逼死的。"

唐倾霏不再说话。通道继续向前，黑暗似乎没有尽头。

2 小时前

蒙大拿州马姆斯特罗姆空军基地。

"这里看起来比空军一号还安全。"此刻总统身处基地地下的发射控制中心（LCC），对着里面严阵待命的士兵们开了个玩笑以缓和气氛。

斯塔克·坎普上校与总统握手。心中疑虑：莫非这个长期与自己联系的"上峰"就是总统？他来见我，就是这个意思吗？

不可能。斯塔克之所以听从上峰的命令，也是因为他所倡导的价值观与自己高度吻合。而这个总统——只是个政客罢了。

他来见我……又是为了什么？

导弹即将发射。

EAM（Emergency Action Message 紧急发射指令）三个字母在 LCC 的屏幕上不断闪烁，发射小组人员打开装有高度机密发射授权码的柜子，一小时后总统将亲自填入代码。

手臂的刺痛感再度传来。

一组新的摩尔斯密码："我就在附近，来找我。"

斯塔克的神经再度紧绷，他看向四周。

屏幕上的字母忽然消失了。

紧接着，一段视频显示了出来。

"你们好。"一个带着白色兜帽的人在视频里对着众人说。

总统的保镖们迅速围在他身边，仿佛视频里的人能走下来似的。

"一级戒备，一级戒备，检查网络及电力系统！"随行的安全部门探员们拿着对讲机大声喊了起来。

"我在对总统说话。"带着白色兜帽的人的脸隐没在阴影里，人们无法看清他。他周围是漫天的黄沙，这个场景很容易令人想起多年前那位著名的恐怖分子。幸而他一口纯正的美式英语缓解了这个错觉。

"总统，查找到异常信号源，是否切断视频？"安全事务官员满头大汗地跑来说。

"不，我要听他讲完。"总统挥手阻止。

"总统先生，您好。我知道您此刻在这个星球最稳固的地下堡垒里，准备发射比核弹还要厉害的武器。可惜的是，您不知道这武器的启动真正意味着什么。

"我不是恐怖分子。我对这个世界仍怀有巨大的期望和热情，甚至比一般人更希冀看到社会的进步。但你我都明白，多年前残酷的战争留下了怎样的恶果——贫穷与富有的矛盾愈加激化。战争难民成了恐怖力量的新成员。我想，不单是我，像您这样的精英也一定忧虑过该如何结束这个乱局吧。"

斯塔克手臂中的芯片接收到新的摩尔斯密码。

"到地面上来，我在导弹预警设施门外。"

斯塔克向电梯门走去。

"可与此同时，地球的资源却日益枯竭。在可以预见的未来，人们对资源的争夺一定更加残酷。这会是一个漫长而黑暗的周期。无论我们是否愿意承认，一个残酷的事实就在眼前：要么大家一起抱团灭亡，要么剩下一部分人，建立一个更纯粹、更高效的新世界。"

总统一时间想与其对话，忽然意识到对方也许是提前录好的视频，于是又收了口。

画面里带着白色兜帽的人继续说："您一定有此想法。要是那些与政府对抗的人都一起死去该多好，那些要依靠着政府的资金扶持而且不能为社会奉献价值的人也从地球上消失该多美妙。"

总统脸色一变。伊甸园计划的真相，除了 NSC 的几个人和项目的几位主管，没有人知道。

如果伊甸园的事情泄露，他将成为美国历史上最臭名昭著的总统。

"切断视频！"他果断下令。

"总统先生，如果您此时想关掉视频，那您一定会后悔。因为我接下来将要说的话，关系到您自己的生死存亡。"视频里的人似乎能看到他们的对话，虽然这几乎没有可能——基地在戒严的情况下，是不与外界联网的。

负责监视信号的士兵为难地看了一眼总统，迟疑间，画面里的人说了最后一句。

"无论如何，输入你的发射码。今天傍晚，导弹必须发射。否则，就是你的死期。"

屏幕黑了下去。ＥＡＭ三个字母再次在上面闪烁起来。

——总统是来阻止发射的。

一小时前他接到安德鲁·乔纳森的信息，说伊甸园计划出现了巨大的疏漏，若按原计划发射，基因炸弹的标靶将是他们自己。只有一个办法阻止导弹发射：亲自到基地来，在输入发射码时故意输入错误，这样导弹将被锁定，进入延时发射状态，他们将获得几小时的机动时间。

可眼下，这个人的威胁是如此迫近。他似乎知道安德鲁对总统的告诫，因而给出相反的指示。

总统自己也糊涂了。到底该发射导弹，还是听从安德鲁的警告？

虽然前者也许是个恐怖分子，后者却是自己多年来信任的同僚，可眼下，他似乎觉得这个一身白衣，看不清面孔的人的话更值得采纳。

斯塔克·坎普走到预警设施附近，向远处望去。

"上峰"要来找自己？为什么？他又在哪儿？如果自己的身份暴露了该怎么办？

斯塔克心里很乱。但很快这种混乱就终结了。

一枚弩箭轻盈地从远处飞来，直接插入他的胸膛。他死了。

1 小时前

我们通过秘道回到重重戒备的研究所，来到了地下实验室。

几小时前，唐倾霏在她父亲留下的那部手机里发现了塞拉斯等人的信息，因而对赛莉·金斯莱起了疑心，就在她去迪尔曼公司之前，偷偷将里面的元件拆下来。

所以她手上的不是备份，而是名副其实的伊甸园项目主控单元。

这次，依照那手机里提供的指示，我终于找到了参数设置的文件包。

而当我点开那个文件夹，所有的人都惊呆了。

空的。

里面是空的。

也就是说，唐稣的原始设置没有针对任何人。这样即使导弹被射出，里面的基因病毒也无处投放。

如此一来，政府会以为基因炸弹里的病毒出现了误差，伊甸园计划的算法是失败的算法，从而放弃以这种方式屠杀平民。伊甸园的参与者们也可以保住性命。

而唐稣为了没有人能再启动这个毁灭程序，选择了自杀。

他只杀了一人，就是他自己。

一种圣洁的感情在我们心中涌起……唐稣的贡献没有人知道，他也许就背负着骂名死去了。

"那么，谁都不会死？"塞拉斯走过去看着屏幕。

"是的，父亲根本没有设定标靶。基因炸弹发出后，没有目标人群，所以没有损害。"

塞拉斯突然把枪对准了我，"你说你能设定参数，是吗？"

"你干什么？"苏淼举枪回应。

"冷静，我想挽回自己的错误。可不巧，你们以为的皆大欢喜，会毁了我的一切。"塞拉斯顶着我的脑袋向前走去，一直到屏幕附近。他拿出一个东西插到屏幕的接口上。

"这是我随机提取出的三十万个基因样本。我不懂怎么设置，但我可以胡乱设置。也就是说，不知道谁会死。要么你按我的指示做，要么咱们就在这儿等，一小时后基因炸弹可就发射了，到时不知有多少倒霉蛋莫名其妙地就死了。"

"你要我做什么？"没想到这个人比安德鲁更无耻。

"现在有办法救这三十万人。而只牺牲几百个人。"塞拉斯把我按到座位上，举起一个U盘，"我要你把这些数据输入到初始值里。"

——啪——

灯突然灭了。

地下实验室停电了。一片黑暗中，我感到苏淼和塞拉斯打了起来。三十秒后，备用电池启动，将这里重新照亮。而那时塞拉斯已倒在地上了。

"好样的苏淼！"

"现在怎么办？"苏淼对着倒地的塞拉斯补了一枪，抬头问我和唐倾霏。

"马上清除主控单元里塞拉斯强制输入的基因样本数据，否则导弹一旦发射，后果不堪设想。"唐倾霏回答。

"那我们能不能联系上 NSC 的其他成员阻止导弹发射？"我转头问苏淼。

"抱歉……我只有和安德鲁联络的权限，其他的 NSC 成员我无法联系。"苏淼低下头。

"那清除数据还来得及吗？我们只有一台超级计算机。"

"只能尽力去试了。其实我父亲在手机里留给我一个启动程序。它融入了人工神经网络应用系统，具有模式识别的功能，而这唯一被允许进入的模式就是我的 DNA 结构。因此，伊甸园项目的主体程序只有我能启动，然后人们才能进行基因标靶设置。"

"你的 DNA？这个设计真是煞费苦心。这样一来世上只有你能启动它，而他知道自己的女儿不会背叛人性和良知，所以最终不会启动它。"苏淼感慨道。

"怪不得我当时怎么都找不到参数设置的选项，因为我从来就没真正进入伊甸园的主体程序！"我恍然大悟，"不过没时间说这些了，时候不多，我们得找到别的大型计算机。"

"对了，我们可以分开进行！"唐倾霏眼前一亮，"你们在这里利用'天空'清除异常基因数据，地上实验室那还有五十台计算机，我们可以进行分布式叠加运算来运行伊甸园的程序。等我启动了伊甸园，岑晟再上来帮我修改参数。"

"好，那我们分头行动！"我果断同意。

唐倾霏抱着主控单元跑上楼。

30 分钟前

蒙大拿州。

他收好弩箭。

最后一个可能透露自己秘密的人已经死了。

他把白色兜帽戴得更严实。手中的微型电脑显示数据传输成功，这意味着万里之外，那最关键的一步，也即将完成。

放手去做吧，孩子。我们将一起看到新世界。

15 分钟前

我告别苏淼，独自上楼，唐倾霏正在采集自己的 DNA

数据并进行输入。

我注视着完成输入最后操作的她纤瘦的背影，恍惚间回到了许多年前。

往事种种，皆上心头。

我将安德鲁之前给我的那把小手枪，对着她举了起来。

"岑晟，你要做什么？"操作完毕的唐倾霏一转身就看到了枪口，万分震惊。

"真的很抱歉，"我打开安全栓，"你以为我是救世主，可惜你错了。"

"什么意思？你……为什么？你到底是谁？"

"我是岑晟。岑方舟的儿子，岑晟。"

房间里那么静，我只听到她的呼吸和我的声音。

"你……是那个人的儿子？"

"没错，我一直在骗你。其实我来斯德哥尔摩只为了一件事：实现我父亲的理想，完成他的夙愿。他的理想也是我的理想，我和他都希望人类社会的进化速度更快。生命苦短，我们等不及就要看到这变化。如有能力凭借自己的智慧和技术改变这个世界，那为什么不试试呢？我父亲想尝试而未能成功，在多年前还被你的父亲排挤出科学圈子，直到现在还只能如同幽灵般存于世上。如今，我愿意牺牲自己的道德，去做这件事情。它看起来灭绝人伦，可我愿以此来换取世界的进步。"

"你要杀掉那些人吗？那是几百万，不，也许是几千万人啊……你……"她蓝色的眼睛里涌起泪花。

但是无可挽回了。

"我很抱歉。再见了，青青。"我扣动扳机。

她太过震惊以至于没有躲避，子弹正中她的心口。她注视着我，缓慢倒下。

还剩十分钟，但已经足够了。

我站上她刚才的位置，熟练地找到参数设置的选项。

但这次的目标不是 NSC 的官僚，也不是红色战争里的难民。

目标人群：九十亿。

这是现今地球人口的总量。针对这九十亿人，我的算法将在运行后的几年时间里，选出十亿拥有相对优质基因的人类。其余的八十亿人口，将感染基因疾病死去。

遴选出对大环境有利的，抹杀对大环境有害的，以此来达到整个人类人种的快速净化。

剩余的精英们，将摆脱人口和道德的重负，建立一个全新的世界。

现在，没有人能阻止我了。

我敲击键盘，将万里之外，我的父亲刚刚传输给我的算法投入其中，系统的闸门依次打开，金属设备运行的声响犹如欢快的交谈。

"伊甸园系统运行中。数据更新完毕。"

我按下启动按钮。

现在

蒙大拿州马姆斯特罗姆空军基地。

"光荣"正在启动。

四个爆炸装置驱动活塞，将110吨重的混凝土钢板甩出发射井。两根中央控制电缆脱离弹体，电光闪烁。导弹在发射井中快速上升。夕阳笼罩中，淡黄色的冷却剂呈薄雾状弥散开去。剧烈的震动。火箭尾喷嘴发出尖利的蜂鸣。导弹颈部的支托臂轰然打开。发射管舱门自动开启。

死神的手臂伸了出来。

这些洲际导弹将飞越黄昏，跨过海峡，穿过沙漠，到达无限遥远的地方。

太阳落了。

我看见一个新天新地，因为先前的天地已经过去了。海也不再有了。

15 年前

"青青一点都不像混血儿呢。"九岁的岑晟对着眼前洋娃娃一般的女孩儿说。

女孩儿垂下蓝色的大眼睛，安静地微笑一下。

"还真是，青青看起来完全是个欧洲人，可能因为你唐稣叔叔的外貌本来就很像外国人吧。"妈妈这样说，手放在岑晟和唐倾霏的肩膀上。她的目光接着越过他们的肩头，看到在花园旁激烈争论着的唐稣与自己的丈夫，岑方舟。

　　唐稣毫不让步："我完全不能认同你的价值观！进化是大自然自己的事情，我们永远无法窥知全貌，事实上，我们人类根本无法判读什么是坏什么是好。而且无论是谁都有生存的权力。这个世界不能通过人工的遴选来实现自我进化。判定，那是上帝的事情。我们能做的，不是替他判定，而是活好当下。你的行为是在玷污科学的神圣！"

　　"不要激动，唐稣。我已经把算法的一部分交给安德鲁先生了。这个项目已经启动，也必须启动。它的负责人不是你就是我。要么——你是想把这个世界，交给那些愚蠢的官僚吗？"岑方舟的神情依旧淡然。

　　"我不能接受！无论是谁，无论高低贵贱，都有生存于世的权利。如果你真想靠着那个算法来区分人群毁灭人种，那你的行为就是恶魔！"

　　"我说的很明白，总要有人做这件事情。不是你就是我。算法已经注入了，很快这个项目就能顺利运行。而且你清楚，凭你自己是抗拒不了野心勃勃的政府的。想想你自己的家人，还有你才九岁的女儿吧。"

"岑方舟，无论你我谁成为项目负责人，我都绝对不会让你的阴谋得逞！"

"那我们拭目以待。"

唐稣愤怒地一挥手，走到门口唤女儿回家。这是他第一次来岑家，估计也是最后一次了。

"爸爸，你和唐叔叔为什么吵架？"岑晟仰起头问。

"因为我们要开创一番伟大的事业，可是彼此对开创事业的方式没有达成一致。"

"那是什么样的事业呢？"

"创造一个新世界。"

"新世界？"

岑方舟的眼里波光流转，"我的孩子。我要给你一个，只有你能开启的，新的世界。在这个世界里不再有残疾和贫穷，不再有卑劣与愚昧。只有一群充满智慧和力量的人。"

"可我怎么去这个世界呢？"年幼的岑晟仰起脸来，看着自己一直崇敬的父亲。

"我交给你一个算法吧。它正是打开那个世界大门的钥匙。"

"算法？那它有名字吗？"

岑方舟微微一笑，"它的名字可有点奇怪。我叫它，肮脏算法。"

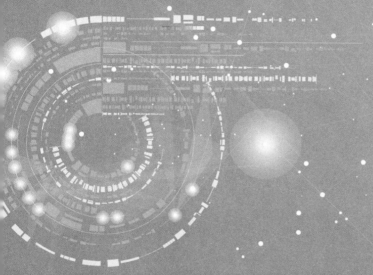

跳 频

第 0 章

命运像一头瞎眼的骆驼那样，突然把人们踩得稀烂。

每当下雪时，索菲亚都会想起多年前的那个夜晚。距离圣诞节还有一个月，也就是说，还有一个月，她就满六岁了。她是个聪慧活泼的小姑娘，只偶尔从母亲忧愁的面色中预感到也许未来会发生些不好的事——终于，它发生了。铁皮人——小时候她总那么叫他们，敲开了她家的房门，带走了她的母亲。从此，她宛若在世上消失了。

那个晚上父亲不在，可当她哭喊着向父亲描述母亲被带走的场景时他却毫不惊奇。这个男人没有愤怒，也看不出来有多伤感，他只是承受了这一切。

但索菲亚不怪父亲。她上小学以后，就看过太多这样的事情了。偶尔会有几个孩子红肿着眼睛上学，没几天他们就不再来，据说被转到了隐士会开设的特殊学校——那其实是管制孤儿们的地方。

还好，铁皮人没有把自己的父亲也带走。索菲亚想。可惜时过境迁，这个男人——原本有一张俊俏的脸——现在已经被总是红肿的鼻头完全糟蹋了。他整日酗酒，日渐发福。虽然，仍是个好脾气的中年人。性格懒散，偶尔鼓捣些一奇怪的东西。

所以当那个"学城博士"离奇失踪的传闻在梅菲斯特大学校园里传开时，索菲亚第一反应就是——他们也许也是被"铁皮人"带到了自己母亲所去的地方。

"铁皮人"，索菲亚心想。她早已不是孩子，她知道他们意味着什么：秩序，以及破坏秩序所将付出的代价。

她早在人生开始时，就已经付过了。

第一章

即使在天才汇聚的工程学院，索菲亚也算是个耀眼的家伙。她的成绩并不是最好的，外貌也不是最惊艳，除了那头柔顺的红色短发足以令人眼前一亮，但对于一个发育中的少女来说，她还是有些过于纤细而少了女性的吸引力。但在迎新季后不久，大部分热衷校园八卦的人都知道了她：那个大一就加入玫瑰社的小姑娘。

玫瑰社是梅菲斯特大学最悠久和有权势的社团之一，用五瓣玫瑰覆盖的五芒星作标志，五芒星是金星半个周期的运行轨迹，而谁都知道这颗逆行的星星在这所大学意味着什么，那是古老的美和智慧。进入玫瑰社，是对个人潜力与身份的极大认同。

"我们上的是工程学院，但目标可不能只是治学。这里会带给我们强悍的人脉关系，那才是你安身的保证。"实验课上和索菲亚一组的贝拉·迪塞尔一边说着，一边接通电路，观察阻尼变化。她对于能和索菲亚这样的传奇人物一组感到很高兴，唯一失望的是，索菲亚看起来不是很出彩，她比想象中沉默很多，不过她倒是能写漂亮工整的实验记录，这已经是她们第三次拿 A 了。

索菲亚只以微笑来回应。对于玫瑰社为何会选择自己，她也没有答案。那是个普通的下午，入学第三周，刚刚从图书馆出来的索菲亚偶然看到了一处亮起来的机动墙面，其实校园里到处是这种东西，不过一般用来播放风纪主任那张尖酸的大脸，听她念校园守则。

她走近去看，才发现上面显示了一个填字游戏。索菲亚自小就和母亲经常玩，在她失踪后也一直保留了解谜的习惯，就顺手在上面做了起来。题目很快解决，字谜消失，又变成一幅油画。她很快想起，这幅图自己曾在上古时代的书籍《神曲》中看到过，但人物位置不对。她花了几秒钟点击人物进行重排。完成的一刻，那块墙面忽然黑屏，陷了下去。她正觉奇怪，就听到身后的喷泉停了。

"有人在这儿吗？"她起了疑心。

没有回音。她过去查看喷泉，才发现喷口处是可以移动的。她旋转开口，圆环处出现了一些浮动的不规则的线条。最下方是几个数字：1597。

索菲亚的心怦怦跳了起来。她蹲下来，用手调整那些线条，将它们连接成不同形状的几何图案，彼此嵌套……忽然，她想起来了，这是父亲曾给她看过的开普勒的宇宙模型。开普勒是上古时代的天文学家，他曾试图用数学描述所观测到的各个行星轨道之间的关系。当时他只以为太阳系有六颗行星，而这六颗行星的轨道恰好同五种有规则的正多面体相联系。这些不同的几何形体，一个套一个，每个都按照某种神圣的和深奥的原则确定一个轨道的大小。若土星轨道在一个正六面体的外接球上，木星轨道便在这个正六面体的内切球上；确定木星轨道的球内接一个正四面体，火星轨道便在这个正四面体的内切球上；火星轨道所在的球再内接一个正十二面体，便可确定地球轨道……照此交替的步骤，最终确定地球轨道的球内接一个正二十面体，这个正二十面体的内切球决定金星轨道的大小；在金星轨道所在的球内接一个正八面体，水星轨道便落在这个正八面体的内切球上。

而她现在进行的，就是不断用线条来重复他当年的模型。

这些知识非常古老且无用，除了她的父亲大概没人会告诉她。没想到在这里用上了。

她努力回忆着方法，一边调整线条。也不知过了多久，圆环忽然自动旋转起来，然后——喷泉再次出水，将她全身都淋湿了。

索菲亚站在那儿，感到自己像一个傻瓜。

"别在那儿站着了，新来的。给我过来。"

后面传来一个轻快的声音，索菲亚回过头，看到了一个不认识的男生，他身材很矮，穿着灰色绒布大衣，戴着黑色毡帽，一副深秋的打扮令人感到古怪，但黑色的眼睛异常明亮，宛若黑曜石一般。

"你好，请问你是？"

"我是托马斯·佩恩，在工程学院读二年级，我也是玫瑰社目前最年轻的成员。"

"请问你叫我有什么事吗?"

"没什么,只是这个最年轻的称号马上就是你的了。"

第二章

我又专心察明智慧、狂妄和愚昧,乃知这也是捕风。

因为多有智慧,就多有愁烦;加增知识的,就加增忧伤。

第一次去玫瑰社参加集会,索菲亚还以为自己来到了传说中的地下城——那个城市意味着混乱和堕落,他们这些生来就住在地面的人无法想象其黑暗的程度。但玫瑰社的团队成员们狂野的作风简直和那些关于地下城的影视作品中的混迹者们的形象别无二致。他们肆无忌惮地酗酒、抽烟,开着肮脏的玩笑。这是一栋石制房屋,狂躁的音乐在这里有天然的混响,也让索菲亚的沉静显得更加格格不入。这里有 24 个成员——永远只有 24 个。新添加了人,就意味着有人离开。索菲亚不知道自己取代的是谁,她也没兴趣了解。在她刚进来的时候,看到石头房子侧面的墙上写了那段诗句,可她心里一点儿也不认同这话。

但是当新成员欢迎仪式开始时，她开始明白为何玫瑰社如此著名了——全体成员立时安静，音乐也被关停。玫瑰社的主席，一个看上去非常女性化的男生将一个盒子授予她，人们围绕着他们形成了一个圆圈，宛若加冕。

这一切都很诡异。

人们围着她，低声背诵誓词：

命运之神所赐无一物归我所有。

世事无常，公私皆然。

命运如旋风，城郭与人皆如此。

经过长年维护、辛勤劳动、托庇神佑而筑成之任何建筑，旦夕之间化为瓦砾。

旦夕太长，灾祸来临如迅雷。帝国倾覆在一时、顷刻之间。

吾等生存其中，而周围事物皆必有一死。

汝生而终有一死，汝所生者亦终有一死。

一切都应在考虑之内，一切都应在预料之中。

本来抗拒着这一切，但这番誓词如此神圣感人，索菲亚在石屋之中，众人环围之下，忽然感到心有猛虎而热血沸腾。她还年轻，但有些事情，不一定要长大之后才去做。

"汝生而终有一死，汝所生者亦终有一死。"

她要复仇。那从幼年时就埋下的种子只是被藏起来，但从未被遗忘过。

她将复仇。

拿定了主意，索菲亚就绝不动摇。

第三章

阿芒格·塔索博士是这个月失踪的第三个人。而他是索菲亚实验课的老师。

再也没有这么爱打 A 的老师了。得知他失踪的一刻，索菲亚第一想法竟是如此。贝拉却一直拉着索菲亚问这问那，认为玫瑰社一定有传闻，但无奈自从入会仪式后，索菲亚就再也没见过其他人。

但不代表他们没有联系。

打开那个盒子，索菲亚看到里面是玫瑰社的身份密钥，上面蚀刻了自己的代码。这意味着她得到了极高的权限，而又可以不被人知道她有这个权限，因此绝对安全。于是当她打开电脑，将密钥对准插孔时，深蓝色的页面提醒她，她来到了传说中可以联通天空城的系统：疆界。

而这是非法的，一旦被发现，被发现的话……索菲亚想，说不定我就能见到妈妈了。

登录了疆界，她马上找到玫瑰社的网域，发现大家都在讨论阿芒格失踪的事情。

"最近知识警察的活动更频繁了。阿芒格一定是被带去审判了。"

"你们觉得他会是巨蛇组织的成员吗？我昨天问了下，可兰瑟没告诉我。"

"那他应该是条胖蛇了。"他们嗤笑起阿芒格的体型。索菲亚觉得有些不舒服。这时候，一条新消息跳了出来。

"与其在这里对人冷眼嘲笑，不如去打破真正的知识封锁。"

他的名字是"教皇"。

玫瑰社主席，那个外表如女性般温婉的男生马上警觉起来。

"你是如何侵入我们的私有网域的?"

索菲亚才意识到此人并非玫瑰社成员。

"疆界原本无界,广阔本来广阔,文明自有它的进程。"教皇的言论充满了自大,甚至显得不合时宜的可笑。但索菲亚却对此人好奇了起来。

"你并不是敌人。"托马斯说。

"我们的立场都是一致的。"教皇接着说,"由于频率问题,我们无法学习和验证更深入的知识,难道你们认为这是可以接受的吗?"

"但这种稳定,已经是来之不易的生活了。"另一位玫瑰社成员说道。

"你是指少数人得以了解世界真相,大多数人只能蒙昧而艰辛地生存着吗?"

"我曾见过不少你这样的人,"玫瑰社主席说,"但你也知道,目前我们毫无办法。"

"蠢话不要说太早哦。"

说完这句,教皇就消失了。

索菲亚几乎想笑，这人的确唐突，令人尴尬，却随性得可爱。

正在此时，她看到了一个对话邀请。

是教皇。

她正考虑要不要接时，就不由自主地按下了同意按钮，把自己也吓了一跳。

教皇没有任何寒暄。"我查看了你的档案，你才一年级？"

"是。"

"知识警察曾带走了你母亲。"

第二句话让索菲亚如鲠在喉。她努力平静情绪答道："是。"

"你不想知道我是如何得知的？"

"如果你想说你会告诉我。"

"很好，关于这个世界，你知道些什么？"

索菲亚愣住了。

"你能告诉我些什么？"

"我只能告诉你，我要改变它。"

不知为何，索菲亚可以想象，那个人此刻正在某个不知名的地方，露出得意的笑容。

第四章

教皇不断给索菲亚发来邮件，都是一些地面城所没有的图书的影印本。索菲亚如饥似渴地阅读。在这个世界上，一部分人垄断了知识，他们可以自由探索知识的边界；一部分人被允许应用知识，但无论他们有何样的想法，都受困于计算量的限制没办法验证；还有一部分人身处蒙昧与混乱中，甚至没机会了解知识的重要性。

在那场毁灭了全球 90% 人口的大战后，人类度过了一段艰辛的日子。战后初期的很长一段时间，人们将这次大毁灭归罪于人们对知识和技术的滥用，因此严格控制可以使用知识的人数。但就是这样，文明还是慢慢发展起来。占有最多知识的那部分人建立了"天空城"，城市设置在巨大的空中飞艇上，居住着两个阶层：识者和知者。识者可以挑选和阅读有用的知识，知者可以利用这些知识建构和创造新的东西。知者中的佼佼者组成的"贤者会"掌控着整个世界的知识流向，即确保每个城市的人不会越界，不会掌握到超出自我层面的知识，从而造成混乱。他们通过不同的量子频段设置封锁，因为微波产生的电磁场以非常高的频率稳定震荡，任何非同频率的噪音和干扰都不会对其造成扰动，因此天空城的人们通过调整微波电磁场的频率来控制相应的量子态叠加，防止人们越界。由于量子纠缠效应，人们成功跳跃这些频段的可能性为零。

可以应用知识的那部分人建立了"地面城"，也就是索菲亚出生和长大的城市。城内亦有两类人：工程师负责从识者那里接受预设的频段，学习知识并亲手制造。他们的准则就是服从和维护秩序。博士则可以进行一些独立的研究，但他们只能学习固有的那部分知识，也无法得到验证。这让博士里多了很多神棍和骗子，他们只了解了少数知识，就以为是真理。

蒙昧的那部分人生活在条件艰苦的"地下城"，说是地下，更像是半地下系统。这里住着三类人：混迹者，流放者，原住民。混迹者是原住民中的异类，他们掌握了一些未被收录和源自上古时代的知识，但这些知识的真假同样无法验证。流放者来源广泛，大部分是地面城的犯罪者，很早就被流放到这里，可惜他们在到达时神志大多被破坏，因此只是浑浑噩噩的存在而已。原住民自上古时代时就生活在这里，他们每天醉生梦死，不在乎吸取知识，这些人数量庞大，职业丰富，地下城就像那次毁灭战争发生之前的上古时代的世界。

　　天空城的人们为世界设置了知识准入法则。他们用一个巨大的装备精良的超级计算机管控整个世界，每个人一出生，就被植入了可以从巨大处理器中学习知识的身份卡，按照知识等级权限排列，依次为贤者会成员、知者、识者、博士、工程师。而所有地下城的人们不允许进入超级计算机学习知识。为防止人们颠覆这一体系，天空城的人还在三个城市的地理界限之间设置了频率筛选过滤器。那是一些不间断发射的射线网，如果有人未经批准而越界，就会被告知知识警察，这其实是一些机器人，他们身手敏捷，不会被动摇，所以有段时间专门被某些人用来铲除异己。

　　由于三个城市之间界限分明，频段不同，也由于知识水准的巨大差异，也少有人想去越界。这些年来倒也相安无事。

　　索菲亚深深感到，对于地下城来说，他们这些住在地面的人是居高临下的，由于知识等级的巨大差异，他们可以完全了解他们，那么对于天空城的人来说，自己是不是也是完全暴露的呢？

　　承载着天空城的飞艇不仅是种隔绝，也是种居高临下的监视。

入学的时间已过去两个月，凛冬将至。而失踪的博士也越来越多，每天都看到一些人心惶惶的言论。疆界的许多端口也被封锁了，索菲亚甚至不敢再在网域主动联系教皇。

三个城市之间的这种状况已维持了两百年。但早在很多年前，就有许多人质疑这种关于知识等级的封锁。可惜他们的力量都太小了，根本无法成功。最近又兴起了一个名为"巨蛇"的组织，四处建立据点，想通过武力将飞艇打下来。可除了让知识警察的出现愈加频繁，似乎也没有什么新成就。

但这天，当她再次经过那个曾把自己带入玫瑰社的喷泉附近时，看到那里的机动墙面闪烁了几下。然后她呆住了。

那是密码。

不是普通的密码。

自己的父亲总会在醉酒后把她拉过来，在纸上快速地写下一些离奇的符号，然后告诉她如何与其他符号对应。那时她还很小，总是不耐烦，可即使这样，她还是把那些符号学会了。十四岁那年，她看到了母亲那些用符号写成的日记，知晓了为何父亲要教她这些。但没想到会在这儿再次看到这些符号。

不会错的，那是父亲的符号。

她很快破译出明文："我有一个计划要告诉你。Pope。"

是教皇！

为什么他会掌握父亲和自己才知道的密码？

莫非他是父亲假扮的？索菲亚心生疑惑，自己那个不靠谱又爱开玩笑的父亲，倒是极有可能做出这样的事的，想来，进入大学后，也有很久未和他见面了。终于，她忍不住突发奇想，以同样的密码回复他："我认为我们有必要见面。"

"你真的这么想？"教皇发来这句话时，索菲亚是有点害怕的。万一，这人是个圈套呢？

一切都是虚假的，可能有人知道自己保有那个秘密——母亲的日记。

"我去见你。"

索菲亚回应。

第五章

每个人一生中都需要做出超越自己想象的决定，比如，此刻，索菲亚从未想过自己会来到地下城。

地下城是个什么地方呢？它理应永远存在于幻想小说和历险电影里，作为一个人间炼狱般的恐怖之地，提醒正常生活在地面城的人们，一旦丧失了理性和对知识的追求，人类会堕落到何种地步。但当少女索菲亚踏上充满腐烂叶子和烟头的肮脏土地，穿越于弥漫着烟火和肉桂味儿的街道上时，她竟然发现，这里并非如想象中般不堪。

到处是吆喝的小贩和林立的楼宇，街上女人装扮明媚，男子行色匆匆，商业十分繁荣。虽然——她还是有些接受不了的，这里的空气很差，她忍不住咳嗽了很久，又引来一番注视。即使她听教皇的话换上了一身灰衣，她在这里仍显得太过干净了。

几十分钟前，自己还在一个旧书店里，但当她走到旧书店的地下咖啡馆，在木头架子上把那本《伊利亚特》移开时，看到了一个跃迁点。

很久之前她从疆界上了解到，地面城曾有一些地方是知识警察用来跳跃频段去地下城的，那是一些跃迁点。只要拿出相应的密钥，就可以通过。只是每次的密钥都是量子锁，因此不存在被破译的风险。

然后她看到了它。那是一个黑色的小洞，她伸手进去，发现里面是空的，也似乎没有底。她将教皇给她的电子密钥从全息胶囊中释放出来。一串奇异的符号在小小的胶囊里熠熠生辉。

她把那串闪光的符号推送到孔中。忽然她感到自己像被打了一个耳光一样，血液下沉又重新回到头脑中，她明白这是在穿越干扰射线。这时她再按了下墙壁，发现可以推开。她走进去，那是一个通往底下的楼梯，也不知走了多久，前方光芒渐盛，一栋古老的房子出现在眼前。

林荫路 1729 号。

当时街上没有人，她走近这座房子喊了几声，也没有应答，于是她穿过房子从前门出去——就到了地下城的街上。看到了那些她曾经在历史课本上看到过无数次的古建筑。

有几个人看向她，索菲亚把兜帽戴了起来，低下头。那天，教皇是这样对她说的："保持冷静，不要四处看，你只管低头在街上慢慢走，我会来找你。"

到底是什么，让自己对这素未谋面的人如此信任呢？索菲亚也说不清。玫瑰社网域里那番对话说不上好感，之后他也只是简单地给她传过一些"禁书"，除此之外，就是父亲的密码符号了。

如果这是一个骗局，那自己将万劫不复。

但索菲亚毫不动摇。

这时，她忽然看到地面出现了一些绿色的光点。她抬头四处看看，没有谁可疑。光点开始移动，索菲亚就紧跟着它。它越移动越快，最后索菲亚跑了起来。等再抬起头时，她已经气喘吁吁，也发现自己远离了街市，来到了郊外。虽然整个地下城就像个破败的城镇，但这郊外的景色竟意外的好看，天也不那么阴沉了，空气似乎也好了很多。

光点在一个木头屋子前停住了。它的外表年久失修，一半的地方覆盖着一层腐烂的绿色藤蔓植物。索菲亚定定神，深呼吸了一下，拉开木门，这里并未如想象般全是蛛网与灰尘——意外的干净。

她开了灯，往里走，看到了暗红色的沙发和对面的壁炉。一些木头整齐地放在壁炉旁。这种东西索菲亚只在关于地下城的电影里看过——只觉得这壁炉代表了低效与污染。她又打开壁炉旁边的门，走进这个房间，然后，她呆住了。

这么多这么多的书！

是书，真正的，实实在在的书籍。散发着纸张与油墨的香气。对面是摆放整齐，一直码到天花板的书籍，房间另一侧，还是这么多的书，再往里，书的种类就更多了。很多索菲亚闻所未闻的书都摆在这里，让她禁不住要尖叫了。在地面城，人们早已习惯电子书籍，很少有人存储纸质书，还有一些人干脆就将一些电子书反映到视网膜上来阅读，所以如果在梅菲斯特大学的图书馆看到谁瞪大眼睛发呆——他一定是在读书呢。

"你们地面城的人都不习惯敲门？"

忽然身后传来一个年轻的声音，索菲亚吓了一跳，一回身，手上的脉冲枪已经装备好，随时准备给别人一下。

"你反应还挺利落的。"那人是个少年，虽然索菲亚早就猜到他会很年轻。但他看起来有点过于年轻了——或者说，过于不成熟。少年有一头乱蓬蓬的金色短发，又高又瘦，这个小屋子简直装不下他。他是个出乎意料的漂亮家伙，琥珀色的眼睛荡漾着蜜糖一样的光辉，嘴角的笑容却显出一种轻浮的感觉。在索菲亚的印象里，一般说话古怪的人都不会太好看。这是个例外。

"你就是教皇？"

"是我。"

"我是索菲亚·克莱因·牛顿。"

"你好。"

"不告诉我你的名字吗？"

"你可以称呼我为 L。"

"所以我又得到了另一个假名？"

"这是我的中间名，所以不算假啊。"

"好。"索菲亚在调动自己的耐心。

"你为什么会那种密码？或者你能告诉我，那密码是什么吗？"

"那是上古时代的一种失传的密码，我们叫他'修士'密码。上古时代是信仰神灵和宗教的时代，有一些志愿奉献宗教的人就成为修士。他们用这种密码交流。"

"你怎么知道？"

"说起来，"少年 L 扬扬眉毛，"这和你父亲有关。"

"你说什么？"索菲亚又把脉冲枪握紧。

"可以说……我一直，在找你。"少年 L 脸上洋溢的那种无所谓的神情消失了，说这话时，他变得有些严肃。

"找我？"

"你知道我的家族是地下城的混迹者吗？"

索菲亚一顿，她如此猜测过，但没想得到验证，"嗯。"

"我的家族世世代代都居住在地下城。我老妈一直告诉我，其实世界很早以前是一个整体。如今居住于地下的人，如今凌驾于天空的人，迟早会回到从前的地方。"

"那是什么意思？"

"天空城那些贤者会的长老们让我们认为不该让知识遍泽所有人类，否则就会导致新的毁灭，其实他们只是想垄断他们所掌握的知识，从而维持所谓的和平，但这种情况是不公正的，我认为应该取消频段制，让所有人都能进入主服务器获取知识。"

"那你为何说要找我？"

"我十二岁那年，和朋友们一起玩，当时看到一个中年醉汉被其他人欺负，我就过去阻止了他们。醉汉后来交给了我一样东西，是一张身份卡的副本。"

索菲亚倒吸一口冷气，"那个身份卡是博士卡？"

"不，是知者卡。"索菲亚更加疑惑。她的父亲，泰坦·克里斯潘·牛顿在地面城的身份是一个博士。刚刚 L 提到醉汉时，她还以为那是自己的父亲。

"那我想那个人应该不……"

"不，后来我用这张卡进入了主服务器，了解了很多事情之后，也开始调查这个把身份卡给我的人——他就是你的父亲。可以说，我对他的调查，比你对他了解的还多。"

索菲亚有点被激怒了，"你这么做的目的是什么？"

"我了解到他有一个聪明的女儿，所以我也顺便调查了你。"L没理会她的怒气，倒了两杯茶，一杯自己喝，一杯递给索菲亚，后者皱紧眉头，往茶杯里看了一眼，还是接过来喝了一口。

好……甜的茶。

"然后我发现你非常不同，似乎从你进入学园开始，就在往某些目标努力——你在一些科目上似乎完全没在意，在另一些科目上又有些努力过头，分析了你的行为习惯之后我建立了一个回归模型，经过两年的测算——"

"够了！"索菲亚放下茶杯，"你是在监视我吗？"

"喂喂，别生气，我并没想冒犯你。但我得弄清楚这一切到底怎么回事——说真的，我并没有去了解你别的方面，我甚至是第一次见到你——你长大了好多啊，嗯，我上次看到你的影像还是你小学六年级的时候。"

索菲亚瞪着他，这张轻浮又懒散的脸上，似乎并没有什么变态的因子。

"我说过，我对于一个未曾谋面的少女没有任何兴趣，我只是了解事情本身，我对你的分析，只是基于一些数据。我认为，你有一个强烈的目标。而你的目标很可能和我相同。"

"所以，你决定找我?"

"是的，尤其了解到你加入了一个愚蠢的协会的时候。"

索菲亚一愣，这话没法接。

"其实我是迫切想取得你的信任的，所以就忍不住用了那个密码——当然，主要目的是为了防止他人窃取我的频段。毕竟，现在由于巨蛇组织的关系，那些铁皮人又活跃了。"

"铁皮人，"索菲亚喃喃地说，"你怎么也管那些机器士兵叫这个。"

"虽然我知道他们是钛合金，但谁让他们的颜色总是灰扑扑的，"L说，上下打量了一下索菲亚，"你今天这件大衣就挺灰的。"

"不过我有一个疑问，"索菲亚被他这么一看，心里不知怎么有些羞赧，但她的表情没有任何变化，"即使你取得了身份卡，地下城也没有网络可以联通到主服务器。"

"谁说我一直在地下城待着？你不也是从地面那边过来的吗？"

索菲亚感觉自己的问题好愚蠢，有些恼怒。

"那你怎么解决频段问题的？那不仅仅需要虚拟侵入，还需要工程支持，你没有合适的元器件，你——"

"那就自己做咯。"L说着，举起了一个造型奇怪的……如果说那是电脑的话。它更像一个倒扣在砧板上的半截玻璃球，说话间，玻璃球亮了起来，上面是一个全息的屏幕，看起来也并不比地面城里的电脑差。

"你……自己做的？"

"从七岁起我就在组装这些东西了，我用了六年优化，又用了六年更新换代。"

"除了得知你今年十九岁，我没有从这段话中得到任何信息。"

"本来我想设计成可以完全打破频段限制的，这样我就不需要通过跃迁点去地面城用它链接主服务器了，可是那样的话很可能会毁掉整个波段，那知识警察一定会察觉到地下城有事情发生，所以我最后放弃了这个改装。"

"你是如何学到这些技术的？"

"看书啊！"L说这话时有点惊奇，"难道你看不出来这里的书都是我的私藏吗？"

"什么？你的意思是这些你都看过？"

"可以这么说吧，而且我还在往里面填。"少年L边说边用手抠耳朵，似乎毫不在意。索菲亚震惊了。这么多，各种各样的知识。即使不通过主服务器，这些也足够一个人学一辈子了。

"我想，你是个天才。"

"噢，我当然是。"L咧嘴一笑，眼睛得意地眯起来，像个受到夸奖的孩子。

索菲亚只想内心吐槽一句"算我没说"。

"你这些书是哪来的？"

"你来自地面城，我知道那里几乎没有纸质书，你们所有的知识都存在在电脑里，可以随时下载观看，但你怎么保证这些书，你每次打开时，它们都还是它们？"

"你是说，知识可能被篡改？"

"是的，但这些，"L用手抚摸书脊，像在抚摸一个年轻的情人，"它们永远在这里，只有时间能腐蚀它，但时间也无法动摇它。"

索菲亚忽然从这个陌生男孩的身上感受到一种久违的温暖气息。自从母亲被带走后，她很久没有体会过这种感情了。"所以，这里是你的家？"

"哦，这是我老妈娘家留下的房子，本来都要拆除了，不过我觉得很好看，一直留着，自己加固，往这里存储书籍，可以说，这就是我的秘密基地吧。"

"这些书都是从哪里来的？我看到了很多，嗯，非法的书籍。而且万一有人闯入这里怎么办？"

"我是一个能破解频段的人，再建立一个小小的射线网对我来说何其容易啊。"

"话说回来，"索菲亚真有点受不了他的自大，"你为什么起'教皇'这么浮夸的假名啊。"

"彼此彼此，你还真的姓牛顿呢。"

索菲亚感觉像被噎住，这话真的没法接。

第六章

再次回到窗明几净的工程学院大楼，索菲亚有一种从梦境里穿越回来的感觉。但她很快从学生们的神情里察觉到，这里出事了。

正要回图书馆，所有的机动墙面全都启动了，风纪主任莉娜·奥兹的脸出现在上面。这可是一个大大的坏征兆。无需找一个同学问，索菲亚也知道要发生什么了。

"所有参与了大学社团的同学请到战士广场集合。"

在梅菲斯特大学，多的是贝拉这样的学生：进入社团，发展人脉。毕竟，这是一个主要培养工程师的学校，工程师大多会成为政府官员，他们兢兢业业地维持体面的日子，也兢兢业业地处理人际关系。所以参与社团的人不在少数。战士广场上盛况空前。学生们还按照社团分好了队，但在玫瑰社那里，她没有看到任何人。

"你是索菲亚·牛顿小姐。"这时一位教工走过来叫住她。

"是的，我是索菲亚·克莱因·牛顿。"

"莉娜·奥兹女士找您去她的办公室。"

莫非我去过地下城的事情被发现了？

索菲亚心中一凛，但还是往办公室走。当她下意识地往楼下看时，发现一顶熟悉的黑色毡帽——不会错的，那是托马斯·潘恩。她很想喊住他，问问其他人都去了哪里，但接下来的一幕令她忍不住捂住嘴。

他被一枪爆头。倒在地上，甚至连血都没来得及流多少。

接着，屠杀开始了。校园里都是枪手，他们从四面八方而来。学生们惊恐的喊叫声此起彼伏，那些枪手拿的是古老的手枪，和索菲亚怀揣的脉冲枪的威力无法相比。但同样训练有素。学生们一个一个倒下，往中间聚集，可是逃无可逃。倒下的人又绊住了另一些人，倒地的人紧抓着逃跑的人不放。有高个儿的抓过矮个儿的同学试图突围，但是无济于事。四面的枪手有几十人之多，他们有条不紊地进攻着。索菲亚在高处看着这一切，几乎要喘不过气，她茫然地看着莉娜办公室的方向，不知道等在前面的是什么。

而自己怀里的脉冲枪该怎么办呢？

但她还是跑向办公室，里面的警备警报器响了起来。她吓得几乎跌倒在地。

"站起来，年轻的女士。把你的武器扔出来。"莉娜·奥兹坐在那里一动不动。

他们是一伙的。

索菲亚心想，莉娜把学生们都叫到一起然后屠杀了。

很快她的心思转变了。莉娜身后走出了一个人——准确地说，是一个侏儒女人。她一身红衣，棕色的卷发高梳成一个髻，鲜红的嘴唇埋在深深的法令纹里。这个矮个儿女人气宇非凡，简直不像一个终生大部分时间都在仰头的人。她边走出来，边给莉娜补了一枪。原来，莉娜是被胁迫才发布了刚刚的广播。

"如果你要杀我，就不会叫我来办公室了吧？"

"是的，聪明的女士。"侏儒女人把玩着手枪，"你刚从跃迁点回来，我感觉你拿到了些不同寻常的东西，是不是这样？"

"我不知道你指的是什么，除了我身上的脉冲枪。但我可以明确地告诉你，我并未携带你们想找的东西。"

"如果这样我们就会杀掉你，你怎么办？"

"至少告诉我你们是谁。"

"他给了你一个程序。这个程序此刻就在你的脑袋里。"

"既然你们这么认为，那准备拿我怎么办？"

"当然是逼你交出程序，否则，我们会杀更多的人。"

"你们想从梅菲斯特大学全身而退吗，恐怕很难。"索菲亚看到窗外来了许多无人机，知识警察大概在靠近。生平第一次，索菲亚期盼见到这些铁皮人。

"你是指那些玩具吗？"侏儒女人蓝色的眼睛里满是轻蔑。

"实际上，我们今天先攻陷了市政厅。我们逼迫那里的事务员开启最高权限，给这些笨家伙设置了新程序。说来也是，一个城市的基本治安，怎么能靠一些机器人呢？"

"你们到底想要什么？"提到市政厅，索菲亚想起了父亲——他不喝酒的时候，是那里一个安静、迂腐的职员，父亲现在如何了？

"你问我们想要什么？"侏儒女子扬起下巴，"尊严。"

"尊严只可能自己争取，而不是靠这样的手段掠夺。"

"既然侵占了别人的公平，就没有立场指责别人去掠夺。"

"为什么要专门屠杀社团的学生？"

"他们是那些不公平中尤为不公平的，如果我们想实现我们的正义，这些人必须消失。"

索菲亚心中一冷。"你们是巨蛇会的人？这是对前段时间的报复吗？"

"对我们问这么多问题，是认定我现在不会杀你吗？"侏儒女人举起枪，对准了索菲亚。

她闭上眼睛，L给她的那个程序就刻印在她的脑子里。他们约定，等到合适的时候，索菲亚会将这个程序投放进超级计算机的主服务器。

"可惜，技术进步至此，谁也没能掌握读取他人心灵与头脑的能力。"她听到侏儒女人这样说，感到她放下了枪，然后，她发现自己被人往后一拉，坠入了一个温暖的怀抱里。

第七章

斯威夫特·克莱因在十年前那次事件后，很少在贤者会里出头了。但今天不同。封锁频段出现剧烈噪音，所有的成员们都被召集到环状会议室。

"我还是没能解释，他们是如何聚集了这么多人的。"威廉先开口打破僵局，他是地面频段的设计者之一。

164

"这个很好解释，他们已经积累了十年。只是之前的八年，我们像瞎子一样毫不在意，最近的两年，我们又像傻子一样做一些无用的工作。"一向毒舌的克莱蒙发出一阵嗤笑。

"备用程序启动还需要多长时间？"贤者会会长莱奥李琦边说边拨动眼前的全息视景图，画面里，几十个武装暴徒冲进了梅菲斯特大学，在短短十多分钟内屠杀了上百人。

"其实已经启动了，但是边缘射线发射器遭到了破坏，频段补足无法完成。"

"备用发射器呢？"

"备用发射器是先被破坏的，因为它们处在沉睡状态，本来就没人注意。"

莱奥李琦苍老的脸上没有任何表情。他转向众人："诸位有何看法。"

"我们担心的事情终于发生了，仅此而已。"

"那不就是说，我们失败了吗？"

"现在怎么办，直接向大学城方向投放次声波炸弹？"

"那会把其余学生也杀掉，恐怕会激怒其他人。此刻不如引导人们对这些巨蛇会成员们产生愤怒，直接让地面的人们自行与他们对峙。"

"让他们互相掐架，这倒是个好方法。"

斯威夫特一言不发，他灰色的眼睛低垂着，像是一只蛰伏的老鹰。

"好漂亮的红头发。"身后的人声音非常温柔。索菲亚闻到一股好闻的香气。她转过身，看到抱着自己的女人。她亦是一头红发，当索菲亚将视线聚焦到女子脸上时，她震惊了。

这个人怎么和自己的母亲长得那么像？

她几乎要站不稳，女人再一次扶住了她，但她似乎比印象中的母亲更高一些，而且……那种沉浸到骨子里的妩媚，是索菲亚的母亲，那个严谨的科学家所不具有的。

"你，你是谁？"

"你可以叫我翡丽伍德。看到我这张脸，你觉得很惊奇吗？"

索菲亚心中思虑了很多可能，但毫无头绪。

"我知道你母亲的下落，索菲亚。"女人柔情似水。她穿着淡蓝色高领毛衣，红色卷发垂落在挺而柔软的胸脯上。

不，这人只是和母亲长得很像罢了。但，为什么她会长得那么像？

"你们到底想得到什么？"索菲亚明知故问。

"你的心甘情愿，孩子。"

"你们杀死了我的同学们，现在来和我说心甘情愿吗？"

"可是你可曾真的在意过这些人的性命呢？你活着的每一天，不也只是在思考你的复仇吗？"翡丽伍德放在她身上的手掌力度加大了。

"我还是不知道你们的用意，不过，我倒是真的能帮到你们。"索菲亚环视四周，"我可以去天空城。"

侏儒女人听到这话，挑起了眉毛。

第八章

小飞艇靠近了中心那个巨大的圆环形态的建筑群。这些建筑通体洁白，就像一层层云。它们用一种极轻巧却极坚韧的透明材质做支撑，就像大环套小环那样整齐的码放在一起。从下往上看，就像奶油蛋糕上的花朵。

这个地方一向戒备森严，他们首先穿越了频段，如果有身份许可，那么无需跃迁点，也可到达。

这个身份许可，是索菲亚第一次用。

小飞挺进入一个窄门，就像一尾银鱼滑入盘子。门口的机器人站在那里。

"身份验证。语音指令。"

"我是索菲亚·克莱因·牛顿。我前来看望我的外祖父。"

"验证通过。DNA 检测指令。"

索菲亚拿起门旁的小棉签，往嘴里捅了几下，然后往门旁蓝色的小瓶子里一放。

"验证通过。"

索菲亚走向电梯。这里好像什么都是透明的，但什么都看不到。和地下城完全不同，天空城里干净得过分。这里秩序井然，但……就好像没有活人存在一般。

向上的时候，索菲亚以为自己会耳鸣，但是没有。电梯很稳。她深呼吸几次，门开了。

但她不清楚迎上来的年轻女性是人还是机器人，虽然从未见识过天空城的样子，但她听说那里早就研制出了以假乱真的机器人。

"请这边走。"索菲亚跟着她。年轻女人也穿着白衣，仿佛一尘不染。她打开门。

"好久不见，斯威夫特先生。"

"上一次我见到你，还是在视频通话中。你那时三岁。"

斯威夫特·克莱因坐在办公桌后面。背后是一整面宽阔的玻璃窗，他仿佛坐在空中。

"你可以叫我外祖父。"

"是，外祖父。"

"我看见你从学校的办公室里出来，但毫发无损。然后你提出要见我。"

"是的。"索菲亚心想。天空城的监视系统没能穿透房屋，这是个失误。

"我被当作了人质，外祖父。如您所见，我的同学们遭到了一伙人的屠杀。他们知道我与您的血缘关系，所以派我到天空城来。"

"谈条件，是吗?"

"我只是传达一些口信。"

"我只是没想到，十三年后，我会在这种情况下再次见到我的外孙女。"

索菲亚心中一抖。他莫非是承认了自己的身份？

关于这位外祖父的故事，索菲亚其实是从母亲的纸质日记里了解到的。斯威夫特·克莱因是贤者会的议员，属于天空城权力中心的顶层。当时由于天空城生育率极低，人口日益稀少，他曾想过增加人口的办法："阶梯计划"，即从地面城中选取优秀人才进入天空城，不过这一计划一直未得到实行，为此他决定退步，设置"疆界"系统，让天空城与地面城可以通过网络联系。贤者会同意了这个请求，于是她的母亲奥菲利亚·克莱因就这样和父亲认识了，不久，她嫁给了他。虽说斯威夫特算是开明人士，可他毕竟无法真的接受自己的女儿加入地面城，因此当时就和她断绝了父女关系。

索菲亚原以为，斯威夫特也不会认自己，但她必须赌一把。

"那么，他们的口信是什么？"

"释放那些被监禁的巨蛇会成员。"

"我想他们误会了。我不清楚什么巨蛇会。"

"外祖父，"索菲亚恳求地望着他，"请您帮帮我的同学们。"

"我之所以同意见你，并不是因为要听你的口信。"斯威夫特敲了敲桌子。很快，一个高大的年轻人走了进来。他看上去有二十多岁，端正而英俊。穿着一身蓝色的酷似军装的制服，就像画中的模特。可惜过于恰到好处了，反而令人觉得没有生气。

"这是奥兰多·艾略特阁下，我的旧友克莱蒙的长孙。他亦是这天空城主城区的卫士长。"

索菲亚茫然地看了年轻人一眼。那人没有看她，只是照旧端正地注视前方。

"既然你来到了天空城，就在这里继续你的学业吧。我想奥兰多会照顾你。别看他是当兵的，他也是知者阶层的佼佼者。"

索菲亚又看了他一眼。这时年轻人才看向她，冷淡的一个眼神交错，什么也看不出来。

"我愿意留下来，但首先，我希望您能帮助我们解决眼下的困境。"

斯威夫特端详着索菲亚。天哪，她可真像奥菲利亚。她为什么这么像她呢？

171

其实她是不像的。斯威夫特清楚，容貌并不太相似。但是那种倔强和坚持的劲头，真的是一模一样。

自己不该在那时和奥菲利亚断绝关系的。

斯威夫特想着这些往事，但脸上没有什么表情变化。"我们已经派遣了新一批知识警察，再过几小时，就能解围。"

几小时，索菲亚心想，那些人早就撤走了，分散各处，谁也找不到。

当她提出自己要去天空城时，翡丽伍德是唯一不感到惊奇的那个，她大概了解自己母亲的事。他们最终达成了交易：索菲亚去天空城，释放 L 曾交给她的那个程序。而他们就会放过学校的其他人，当然，也放过她的父亲。

可 L，那个吊儿郎当的少年，他现在如何了呢？自己作为程序的接受者已经落得如此地步，他作为开发者，到底去哪里了呢？

第九章

索菲亚在达成交易前，也曾经问过侏儒女人这个问题：

"你们为何那么肯定我知道那个程序,又怎么确信这个程序的确可以击溃超级计算机系统,消灭天空城?"

"因为从你跨过跃迁点时,我们就跟踪了你。至于效果嘛——我们很久之前做过小范围实验,效果拔群。"

"你们早就认识他?"

"我们认识他母亲,那个胖女人可真的是厉害极了。"

索菲亚想再问下去,但心知无济于事。

他们给她看了自己父亲被绑着的视频,索菲亚并不担心,她一定救得了他。

这段日子,就当他在戒酒吧。

就这样,她在天空城住了下来。她一直试图联系 L,但到了天空城,原先的密钥就不能使用了。奥兰多也真的就像个老师一般,带着她熟悉这里的状况。

他是一个沉默的人,沉默源自高度的自制。他的优越是不言而喻的。索菲亚也暗暗猜出了外祖父的心思:他想让自己重新回归天空城,最好的办法,就是与人通婚。

她心里只觉好笑。

天空城里的人垄断着知识,这她早有耳闻。因此天空城与地面城的差别不仅仅是地域上的，更是实实在在的科技上的。由于科技被全面压制，所以百年来，三个城市之间一直维持着和平。

但这是什么样的和平呢？索菲亚早在刚能读懂母亲的日记时就发现了。这只是天空城的人想要的和平而已。

她的母亲不是一个单纯的理想主义者，但她在二十年前，选择加入一场没有未来的战斗：解放知识，让知识遍泽所有人类，而非垄断在少数人手中。

她依稀知道那次斗争的结果，年轻人失败了，许多人死去，许多人被流放，而她的母亲以自己为代价，保全了她和父亲的安全。

是的，索菲亚明明白白地知道，那个晚上，母亲没有被带走。

她死在了枪下。

可是每一次做梦，她想到的都是，母亲只是被带去了自己找不到的地方，她还活着，她就在这世上的某个地方。妈妈，我会来救你啊。

索菲亚合上全息胶囊，眼前的光景消失了。她即使在想着这些悲伤往事时，神情也丝毫不动。这点和她外祖父真是如出一辙。

这些天来，她一直在想方设法找到超级计算机的入口，好投放 L 的程序，但一直毫无头绪。有一天早上她醒来，甚至想到，是否可以试着去"攻陷"奥兰多，以此得知方法……但她做不到。其实心里，她一直是期待 L 和她联系的。

然后颈部的刺痛再次传来。这是翡丽伍德在她身体里埋下的一枚密钥。她们可以通过这个来提醒她，你的父亲还活着，也可以通过这个发现她的位置。几乎每天翡丽伍德都会这样与她联系，也是提醒她：完成任务，你的时间不多了。

但是她们错了。她们以为自己会按照约定炸毁整个天空城，但是不会。L 的程序并非如此。

但可能比那个更有意义。

"我发现你喜欢一个人在图书馆发呆。"正在这时，奥兰多走向她。

索菲亚有点惊奇，他很少在教学时间外与自己联系。

"嗯，我刚来天空城，很多地方不太了解。要慢慢接受这里。"

"这里很漂亮。"奥兰多说，和索菲亚一样趴在栏杆上，仰望透明的穹顶。那里，一轮圆月的光芒被分解成无数缕，纷纷扬扬地投射进来。

"你不是一直住在天空城吗？大概，对这种漂亮已经习以为常了吧。"

"我听说地面城的人无法进行量子层面的工作。"

"是的，其实我们并未发展出真正的基础科学。"

奥兰多看了她一眼。

"我觉得自己仍算是地面城的一员，毕竟，那里有我的家。"索菲亚说。

"我无意冒犯。我也是生在天空城中，从未有机会到其他地方。顶多是去天空城的卫星城区。"

"所以你对于天空城所垄断的知识如何看待?"

"你知道，拥有越多知识，就会获得更多的知识。如果有不该掌握知识的人掌握了这一切，就会带来无边无际的混乱。想想上古时代的那次战争吧。"

索菲亚不再说话。

这大概就是不欢而散了。看着奥兰多远去的背影，忽然，索菲亚感到身后有响动。

"嘘——"来者砰地跳起来，一手堵住了索菲亚的惊呼。

第十章

"所以你并不是跟他们一伙的?"

"我也不知道我妈妈这么厉害——当然，她只是在骗他们。"L说。

此时，索菲亚和L躲在一处门柱的阴影下，就像两个郊游的少年。

"我还是好奇，你是怎么通过身份验证的，还有，这些天你去了哪里?"

"这些天我一直在研究如何通过身份验证。"L边说边做了个鬼脸。

索菲亚只想大笑，这是许多天来她最开心的时候。

"不过我还是没有找到方法。那是量子加密，你知道的。"索菲亚说。

"我在想，能不能构建一个可以对叠加在一起的多个量子同时处理的系统，然后利用它自身的计算能力，自己算计自己，找到主服务器的后门，再投放我的程序。"

"我勉强跟得上你的思路。"

"你大可不必。"L贴心地摆摆手。

索菲亚：……

那天L给了索菲亚一个新的全息胶囊，这是他调试好的程序。他让她拿着胶囊在天空城主城区的环形球体内四处走，自己则通过远程连接计算能量通量，以此推算出超级计算机入口的位置，并在那里植入程序。

索菲亚觉得那天跟着光点奔跑的感觉又来了。

他不能在此长时间停留，但他侵入了城区内一台机动墙壁，索菲亚偶尔可以去那里和他远程沟通。

没一会儿，L就得离开了。他们在巨大的飞艇尾翼附近告别。

"所以，你这就走了？"

"是的，等一切都完成后，你按照我的办法全身而退，然后到我的木屋那里找我。"

"你也会过去吗？"索菲亚其实对回答毫不怀疑。

"那是当然了，我在那里等你。"

L再次露出孩子一样的笑容，惹得索菲亚也忍不住笑起来。

第十一章

耶和华让人安居在伊甸园中，要他耕作，照顾乐园。耶和华告诉人说：你可以吃这个园子的任何果子，包括生命之树上的生命果，吃了它你可以长生不老。但你不可以吃善恶树上的智慧之果！

——《圣经·旧约·创世纪》

斯威夫特的眼睛是冷淡的。索菲亚早就习惯。但每次他的眼神扫过来，她都会由衷地不适。她和奥兰多的交谈失败了，外祖父很不高兴。但他没有任何表现。

他们行走在巨大的建筑群中，向外看着。飞艇四周有阻挡风力的纳米材料，使得这里并不寒冷。天空城浮在空中，使人轻而易举就能居高临下地看透世界的每一个角落。

"我想你母亲和你说过我和她决裂的原因。"

"她去世时我还很小。刚刚六岁。"

"她很年轻，也自以为是。"斯威夫特说着，也觉察出不妥，但没有纠正。

"我可能还不够了解她。"

"你也认为，知识的垄断是错误的吗？"

索菲亚沉默了。斯威夫特继续说："不该掌握知识的人掌握了超出限度的知识，只会带来混乱和灾难。"

这话听得够多了。

"上古时代的毁灭就像人类之初的第一次毁灭一样，但那一次是毁于人的傲慢。如今，我们的先人好不容易重新打造了一个伊甸园，我不希望我们去破坏它。"

他为何要对自己说这些，难道……是察觉到什么？

但混乱中自会出现新秩序。可怕的不是混乱，而是永恒的秩序。索菲亚想。但她也只是迎合着说："秩序的建立是艰辛的，我知道。"

"不，你不知道。"斯威夫特严厉地看了她一眼，"你不知道我们付出了什么。"

我知道，索菲亚心中说，我付出了我的妈妈。

这时，天空城内响起了激烈的警报声。斯威夫特一把上前护住了索菲亚——这是怎么回事？

天空城的警报，已经一百年没响过了。

知识警察和人类护卫官大批出动。人们看到飞艇的入口处停泊了大量的小舰艇。

索菲亚忽然感到手心一热，她低下头，看到 L 给的那颗全息胶囊在闪光，才知道入口已经找到了。

正好可以趁着混乱去安装它！此刻她已毫不顾忌安危，一心只想着复仇。

她挣脱了外祖父的怀抱，向闪光所指示的方向跑去。

第十二章

那是一个巨大而寒冷的地方。索菲亚静静地站在门口，她曾经无数次推测过，也想到过这个场景，但真的面临时，只有眼泪汩汩流下。

她看到自己的母亲正安详地躺在冰冷洁白的床上。她看起来那么平静，容颜依旧年轻——她去世时才三十岁。十年的时间就这样在活人身上无情流过，只剩下他们这些早已离去的人，安然无恙。

然后她在床位旁发现了另一个人。出乎意料，或并不出乎意料，那是自己的父亲。

他已经变得肥胖臃肿，似乎被生活抹去所有棱角。此刻他坐在亡妻身边，却仍像是少年。

"你从什么时候知道我是巨蛇会的首领的?"父亲的声音很平静。

"他们给我看你存活的信息时候，你是画面里唯一没有戴手铐的人。而且，他们给我的密钥里，有你曾教过我的密码。"

"我和你母亲第一次在疆界里对话时，用的就是这种密码。"

"为什么，爸爸，你是在利用我吗? 但你为何要杀人。"

"我承认我把你纳入到我的复仇计划中，但没想过你会比我热衷。"

"可我和你的目标终究不同，你想要什么呢?"索菲亚感到心头发紧。

"其实啊，我一直不明白。天空城已经掌握如此多的知识，为何不能让人死而复生呢？如果不能这样，知识又有什么用呢？"父亲喃喃地说。

"爸爸，我是想复仇的，但我的复仇与你不同。"索菲亚边说边走向母亲床边的巨大凹槽。她迎着刺骨的凉气跳了进去，将那颗胶囊打开，一串复杂的代码浮现在空气中，宛若发光的符咒。

代码沉了下去，融合进巨大的机器中，程序正在安装。索菲亚知道，十年来她所等待的一切终于来临。

"我不会像你一样，想要杀掉天空城所有的人。我只会带来解放。"

父亲疑惑地看了她一眼。

"知识的壁垒只会造成枯竭，知识只有在碰撞中才会进步，我相信自由的知识可以带来真正的文明，严防死守的所谓文明只是禁锢而已。而我将打破它。"

"你做了什么？"

"让你失望了。L的母亲所给你的，并不是主计算机爆破程序。而且即使如此，你所期待的天空城的毁灭也不会发生。但我手中的这个用来跳频的程序，却可以打破天空城的封锁，将主服务器的接口开启到无限。我将在此向整个世界广播，每一个频段上，都可以读取和存贮天空城悉心保存的知识。"

"如果地下城的人也掌握了所有的知识，他们会发动战争吗？"父亲若有所思地看着她。

"也许会，也许不会。文明自有它的进程。"索菲亚说。她从凹槽里跳出来，奔向另一侧的微波跳频装置。

终有一天，人们会想起，为了获取知识，一代一代的人，曾付出过怎样的牺牲。

拿定了主意，索菲亚就绝不动摇。

L的跳频计划此刻已经装备完成。

开始广播。

那一天是平安夜，三个城市的人都在准备庆祝。但当频段无限地发射时，这里瞬间变得万人空巷。

人们惊奇地发现一直被限制的网域无限地开启，每一个人的电子设备里都接收到来自天空城的广播——那意味着所有人都可以访问主服务器。不再有身份卡，不再有知识等级。知识警察们想在街上抓捕超频的人，可人人都是，它最后无所适从，几乎程序崩溃。人们脸上是惊奇无比的表情。

有些人急忙将这些资讯存储起来，欣喜异常，也有些人迷茫，不知所措，陷入混乱中。他们欢呼，哭泣，彼此拥抱。常年无法解答的问题得到了解答。值得探究的东西有了方向，他们不再仅凭一种听天由命的方式生活。

他们吃下了智慧之果。

第十三章

圣诞节。

这一天，索菲亚满十六岁了。

大雪落了，就和六岁那年的雪一样大，一样密实。索菲亚来到小木屋时里面没人，屋内很冷。她坐在沙发边，往壁炉里轻轻放了一块木头，点燃。火苗扑簌簌的声音融化进雪夜的沉静里。

她心里再也没有长久以来的寒冷了，只有无声、缓慢、略带悲戚的温柔。因为她知道，那个刚刚将知识广播给全世界的少年，正翻山越岭，跨江渡海，为她而来。

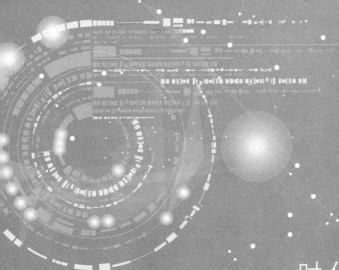

时代病人

"当你第一次见某些人时可能不会知道，那就是你们这一生所见的最后一面。"

1. 无限坍缩

门的那边传来一只手，白色的手指在黑色上跳动，很快。摸到了门闩，拉开。发出不好意思的声音。

"您是第 1729 个病人。"

是的。

"您知道这个数字的意义吗？"白色手指拧开墨水瓶，白色处方笺。

不清楚。

"没关系，请说说您的症状。"

说来难以启齿。我在这个城市已经三年了。两个月前我开门时发现钥匙孔几乎看不见了。找了开锁者，它说门锁坍缩了。"很抱歉，这种事情最近发生好几起了。"开锁者那么说着，就走了。我守着门睡了一夜。第二天我就搬到了新房子。那里比原先的地方大很多。我有单独的卧室、客厅，甚至有个小书房。可一个半月前我下班时，忽然发现小书房消失了。也不能这么说，我确认它是坍缩了。因为我在墙壁上发现了书籍的侧影。我伤心极了，但是仅仅一天工夫，那些侧影们也消失了。大概是蒸发掉了。

"我感到很遗憾。"

接下来，坍缩变得很频繁。先是，我每天买早点的一个商贩坍缩了。当时很多人在场，还有人没来得及付钱。其实我那会儿挺担心自己吃的东西坍缩掉的。那之后不久，街上的车也一辆一辆坍缩，变成路上一个个铁点儿。据说车辆坍缩的过程还挺有趣的，不过我无缘看见。交警们费了很大劲儿才清理掉那些铁点儿，其实它们过几天能自己蒸发掉的。我和同事们都有点惶惶不安，生怕自己也坍缩掉。后来我查了些资料，了解到这种坍缩是一种疾病，所以，我慕名来——

"实不相瞒，我猜你们是被观测了。"

观测?

"是的。有人发现了你们，因此你们的波函数 [1] 开始坍缩。"

有什么办法治疗吗?

"实不相瞒，坍缩的进程是不能翻转的，我无能为力。"墨迹出现在白色处方笺上。郑重接过。

临走，我听到隔壁的孩子又在练琴。弹得不好。嘈杂的背景音里，传来女人的脚步声。

那大概是我最后一次听到了。

2. 不连续的人

人到了地铁上，就会变得不连续，甚至四舍五入这一法则也失去了效力，有时候即使你是 1.9 也得变成 1。你只看到他们年轻而时日无多。一份一份，被复制到此刻的命运。最终到了目的地，抬起头来，两手空空。须发全白。

---

[1] 波函数：量子力学中描写微观系统状态的函数。

3. 42 个年轻人与一首诗

知了锻造完美枕墓

栩栩如生

琥珀句读黑暗之心 [①]

谵妄光影

4. 极简几何学入门

病号服与他不相称，他太大，服装太小。

"医生，我能在你身上看到几何。"

是的，几何出现在生活的任意一个角落，在我身上也有。放心吧，我想我能理解你。也希望你配合治疗。

---

① 黑暗之心:《黑暗之心》是约瑟夫·康拉德（Joseph Conrad）所著小说。

请将手指沿着下方箭头滑动。

很好，请再朝反方向滑动。

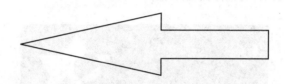

做得很正确。请接着说。

"事实上，我不认为自己生病。世人总将他们关于疯狂的定义随意加之于与他们不同的人头上，在我看来，这些人都是一些未能顺利展开的几何体。"

比如说这样？请用手绘其轮廓。

还是这样？我希望您能再绘制一遍。

"抱歉，我不能如您所愿，因为在我看来，这些图片都是虚假的，它们隐藏在黑暗中。"

黑暗？但我们能看到它。

"我听说有人了解到世界在坍缩。但他却没发现，在我们越来越小的同时，太阳变得很大了。"

我明白你是指什么，也了解它的引力。我也知道它在头上。

沿着它，向上看。

就在那个端点，是的。

"其实我来这里，本想向您介绍我的几何学。它是如此简单明了，揭示着世界的法则。您却只会一边了解我，一边继续拿我当疯子，用这些愚蠢的图片做无聊的测试。无论我是否划过这些虚假的线条，我都知道我在空间内的真实坐标。而对一切浑然不觉的反而是你，是你们。"

既然如此，请用你的几何，为我讲解墨水的构造，告诉我窗外春天的流向，将我的门改换颜色；请用你的几何，关押所有无知的人类，订立哲学，指出他们的自以为是和政治正确；请用你的几何，让我放弃从医的理念，打消所有阴阳怪气的念头，告诉所有人，他们不仅是良心的遗孤，也是时代的病人；用你的几何，结束此刻的嘲弄，合并同类项一般的苦楚，还原所有被移除的楼宇。你能做到吗？

"有些话不能细说。"他笑得很快，忽然整个人变得扁平，继而向内坍缩，最后终结在椅子上，成为一个光滑的条纹色球体。

也是，衣服实在太小了。

5. 质数 [①] 作为一种试剂

质数作为一种试剂是很温和的，如果少量服用。

3			7	5	6	2		1		7	5		3		9	2		1
5		6				4	9				1	2	5			3	4	9
	8			4		5				9			8	2		5		
	5		6				2				7			4				
6			2				4				2		6					4
	2			4		5	1			3					5	1		
2			4		1		3		5		7	2			1		3	
		3			5				1		7		3		2			
4	1	8		6	3		5		1		4		8		9	5		
							4	7										
			3															
		5		1			3	4			1		3			5		
	5		6		8			1		5		9		4				1
6				4								1					7	
	2	7	3		9	5		8	7	4			1					
2				6				1	9		2			7		3		
	6		1		5						7			4	1			
4				9	5			7	5		2		1					
	9		6	2				1	2		4		5	7	6			
	7		1		4				1	2		4		5	7	6		
1		2		3				9	3		6	5	7		8	2		

（数独题目为作者所创，禁止转载）

---

① 质数：在自然数域内，质数是不可再分的数，是组成一切自然数的基本元素。

6. 硬币测不准

7去找5，然后准备一起去找2。路上，5嘲笑7走得慢。5走得飞快，直往前冲，什么也看不见，忽然被2拦住。后来他们一起去吃饭。2非常沉默。吃饭时候5一直在找话题。偶尔，抬起头来与7尴尬地对视。吃过饭他们到了一家星巴克，5忽然在座位上发现了一枚硬币。

为缓解尴尬，5提议，我们来猜硬币正反面吧。

我猜正，7说。

硬币落下了，反的。

我猜正。

硬币落下了，反的。

我猜正。

硬币落下了，反的。

我猜正。

硬币落下了，反的。

我猜正。

硬币落下了，反的。

我猜正。

硬币落下了，反的。

算了，5插嘴说，我猜反。

硬币落下了，正的。

我也猜反。2加入了阵营。

硬币落下了，正的。

气氛有些诡异。2、5和7你看看我我看看你。

我猜正面。

硬币落下了，反的。

我猜反面，5不甘心。

硬币落下了，正的。

我猜反。

硬币落下了，正的。

我猜反。

硬币落下了，正的。

我猜反。

硬币落下了，正的。

好了我知道了，2说，这是一枚测不准①的硬币。

他们放弃了这个可怕的游戏，走出星巴克。他们要分别了。

下楼梯的时候，5忽然跟2说，我们以后还会再见面吗？

2笑了，不知道。应该……不会了吧？

5说了什么，但后来自己不记得了。

---

① 测不准：你不可能同时知道一个粒子的位置和它的速度。这个不确定性来自两个因素，首先测量某东西的行为将会不可避免地扰乱那个事物，从而改变它的状态；其次，因为量子世界不是具体的，但基于概率，精确确定一个粒子状态存在更深刻更根本的限制。

分别之后，他们再也联系不上 2。怎么都不行。偶尔他们会说起，2 消失了呢。

消失了啊。

我们很想念他。

很久之后，5 把那天的故事讲给 3 听。3 说，那我也要试试这枚硬币。我猜反面。

5 起床，找到它。抛起来，落下。

硬币是正的。

原来硬币没有错。

错的一直就是我们啊。

那之后，3、5、7 们再也没有见过 2。

一次也没有。

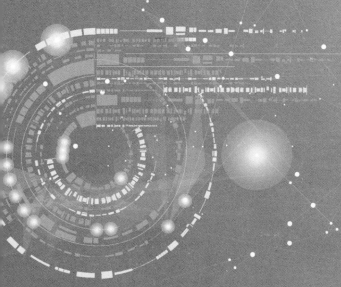

咒 语

"如果这个世界消失了，那有什么能证明它存在过？"

你从书里抬起头来问我。

"已经消失了，谁还会在乎它存在与否呢？"

"被留下的人啊。"

你一脸认真，像个孩子，令我忍不住回想起第一次见你时的情形。你在一群人中是很显眼的——那明亮柔和的发色。你在分享会上说起童年、少年那些悲伤的往事，我仿佛看到一个倔强的小孩儿，孤零零地坐在一片空地中央。因此我十分想走过去，把你扶起来。

害羞如我，终于鼓起勇气，在分享会结束后找到你，得到了你的联系方式。

熟识了之后，你随性的一面就暴露出来，有时我们明明在讨论相当严肃的问题，可下一秒，你的语气马上就变得调笑了。我总是跟不上你的步伐，这边还想安慰，你那里已经在笑我自作多情了。

"如果世界都消失了，人又属于那个世界，如此，怎么会有人被留下呢？"

你听到这句，愣了一下，然后继续看书。你竟然在看奥古斯丁。我笑你的学究气质，又忍不住凑过去，让你读给我听。

你的声音温软清澈，不像你平日负责的工作那般乏味冷酷。我看到夏日的阳光把树的阴影送入房间，洒在你的桌子上。你的身子伏在桌上，用一只手按着书籍昏黄的边角，干净美好。

"谁认识真理，就能认识这光；谁认识这光，就能认识永恒者，唯有爱才能认识他。"

我的房间有一半沉浸在阴影里——拜基地对面的发射塔所赐。但和别人不同，我很少抱怨这件事。我经常沿着阴影的边缘走，像是踩在发射塔的隐秘的灵魂上。那个塔我们是去不了的，基地也仅有几个人知道它的存在有何意义。

意义如何，我确实不太感兴趣。

我刚从一次冬眠中醒转过来，总觉得肌体乏力。跟着同伴上了一个月的健身课程，勉强恢复了之前的水平。

可是这次冬眠让我觉得很奇怪——醒来后我感到自己的很多意识都变得模糊，尤其是记忆那部分。虽然我的心理医生上次告诉我，我得的是典型的战争应激反应后遗症，由于参加过五年前的战争，大脑又有损伤，所以感到记忆丧失是很正常的。

其实我倒并不为此过度担心。我没结婚，也没有家人，朋友都很少，性格懒惰，也不愿去想一些太复杂的事——记忆这种东西，其实就是大脑的自我欺骗吧。

正在我无聊地想着这些事情的时候，基地的人打来电话，要我去战略部办公室一趟。

战略部？他们应该不会让我这种老兵再上战场了吧？

这个部门总在研究一些稀奇古怪的问题，不过我确实对自己的现状无所谓，因此不担心他们会对我做什么，索性就去看看他们又干了些什么事儿吧。

你穿着绿色条纹的连衣裙，看上去就像个刚大学毕业的女学生。短发将白皙的脸遮了一半，坚硬的发梢却显出一种孩童般的活泼。我后来才得知你从前是留长发的，可惜不得已剪去——你要入伍了。

"你喜欢听德彪西?"你指指我的耳机。为了缓解第一次约会的紧张,我在等待她的时候一直在听音乐。

"啊,还好。"我有点慌乱。觉得不对劲儿,多嘴问了一句:"你,听得见? 是我耳机声音太大了吗?"

你只是摇摇头,微笑一下。我跟在你后面,为自己的不知所措微微懊恼起来。

"别那么紧张啊!"你忽然凑近了,在我额头上拍了一下。从未有女孩子对我这么热情,手也直接凑了上来,拽着我走进便利店,买了一些东西——我们一会儿去对面的公园露营。只是经过店里的镜子前时,你看着里面的自己,神情微微恍惚了一下,似乎有点不适应自己短发的样子。而我竟为了这画面里溢出的天真打动,忍不住将你的手握紧。

办公室整个被涂成了银色,使得这看起来很像元时代时期的科幻电影布景——当然,那些电影只有少数几个人可以看,作为了解过往历史的一种手段,可惜过往的历史,对今日似乎没什么用了。

我大学时的老师接待了我,"谭,你准备接这次任务吗？"

"想获得授勋，当然要做出更多实事来啊。"我扫了一眼任务手册，皱着眉，有点无奈。

"其实并没有想象中那么难。直升机会先把你们带到八千米的平台，登山队的成员们再带你们登上峰顶，他们都是有经验的好手。"

"也就是说，我们还要自己向上攀登一千多米？"

可怕的高峰。虽然十几年前就有很多队伍都成功登顶了，可我却是第一次去。想到这我就不禁打个寒颤。

"八千米已经是极限了。飞机没办法直接在峰顶降落。"

"看来人还是强于他所制造的机器。"我耸耸肩，"好，我接。"

老师往椅子上一靠，似乎心满意足，他的满头银发快要和这间屋子融为一体了。

你那时候在做人工智能的研究，每天想着"机器能思考吗？""机器会有自我意识吗？"而这种抽象的讨论对我来说，还不如进行一些具体的实验。而你则会笑笑，"人和机器虽然有很大不同，但有一点是十分类似的。"

"什么？"

"语言。人用语言交流，因而了解彼此的心意，而机器是因编程语言写出的程序，才获得了机器的灵魂。"

"机器也会有灵魂吗？"

奇怪，这么寻常的一句话，却让你思考了很久。你忽然说："如果机器没有灵魂，那它就会被有灵魂的事物所掌握……"

这是我们第三次约会。可我在你面前，还是会觉得紧张。但仍想忍不住纠正你：

"那是自然啊，人发明机器，并且掌握它们。这不是很平常的事吗？"

"掌握和被掌握，都是一念之间的事啊。"

你总是想这些稀奇古怪的问题，我只是看着你棕色的头发发呆。你看起来非常年轻，那困惑的表情也像上课走神的孩子。不一会儿，许是你自己想通了，忽然调皮地看着我说："你知道吗，其实人的语言是有魔力的。"

"噢？什么魔力？"

"语言其实就是一种咒语，你说了什么，往往真的就会变成那样。与此同时，语言还要有相应的动作的触发。"你端起酒杯，酒吧的彩灯照射在红色的酒上，又在你脸上洒下轻盈的投影。非常美。

"就像巫师在说咒语时同时做出某些手势或动作？"

"对。"你忽然伸手捏住我的下巴，很深很深地看进我的眼睛里。

"要不要来试一下？"你的眼睛里是两团波光潋滟的宇宙，我被其中的灿烂吸引，忍不住越凑越近。

于是我们接吻了。

登山队的队长是我从前在作战科的上司，这是我很意外的。他竟没有在仕途上发展，反而去了登山队。

"谭，真没想到你去了别动队，还坚持了下来。"他先开了口。

"我这个人你也知道，懒散还浑浑噩噩，如果不是在别动队里，我不知道还能去哪儿。鲁，听说你结婚了？"

"是啊，你刚离开作战科那年结的，因为你去得远，就没通知你，没过几年，我也从那离开了。"

"恕我多嘴，我以为你会一直在那里做，直到退休呢。"

"发生了一些很不好的事，我不能在那儿了。"他眼睛不再看我。

两个男人都沉默了，在心中感慨着世事无常。

"嗨！我是你们的向导，Neo，很高兴认识各位。"来者是个高大的男人，长发被编成了粗辫子，缠在头顶，他看起来像元时代时期流传下来的那些民族油画中的人物。我们大家纷纷跟他问好。Neo黝黑的脸上一直保持着笑容，"直升机把我们放到那里后，我将带着大家继续向上攀登。不过，带回'归墟'的任务我就不好插手了，请你们谅解。"

我和鲁对看一眼，觉得这个Neo应该大有来头。"归墟"是元时代时期的超级计算机，只有我们别动队和国家安全中心的几个专门负责研究它的人才知道，Neo却说得如此轻描淡写，可见他深得高层的信任。

"归墟"是传说中元时代文明的见证者。它作为一个记录仪被放置在峰顶，远离核战的现场，所以没有被辐射损毁。当时的人们将其设计为一台高度智能的超级计算机，尽最大限度地储存着当时文明的一切——音乐，美术，文学，科技，人类影像，生物体研究……虽然我们曾在考古发掘中发现过许多当时世代的遗迹，了解到元时代的一些文化——

比如那些电影。可那毕竟是极少数部分，根本无法满足我们的探究欲望。

若能将"归墟"里存储的信息全部破解出来，对当今的世代来说，一定是极大的飞跃。我们都知道这次任务意味着什么——寻回一个失落的文明。

许多人眼中，你是有点古怪的。其实很多时候，就算我在你身边坐着，也根本不知道你在想什么。你的背总是挺得很直，虽然你还没正式入伍，但看来总有军人的气魄。你说这是少年时父亲的严厉家教所致："爸爸不允许我驼背，搞得我现在都有点刻板了。"你就这样挺直身体坐着，望向远方。风把你的头发吹得左右翻飞，令我总忍不住去摸它们。而你就躲开。"其实我总是不习惯与人太亲近，不知道为什么，像是从小如此。"好吧，你第一次约会就拍我脑门时，可不是这么表现的。

但我像每个恋爱中的男孩那样，带着愚蠢的甜蜜感，和你坐在一起。即使我根本不知道你在想什么。

"听说要开战了。"你说。

"是啊，不过，不会爆发太重大的战役吧……总不会是第三次世界大战的。"

"说不准，"你摇摇头，"战争一旦起来，谁也说不好它的范围。"

"也不要太悲观了，"我伸手想把你揽在怀里，却停住了，讪讪地缩回手来，一方面是自己内心胆怯，一方面怕你生气。

"不问我点儿什么吗？"

"啊？"

"别害羞啊，随便说点儿什么。"你把腿伸直，将手放在膝盖上。

"那，你是不是也喜欢听音乐？"

"哈？"你此刻的神情不那么严肃，一从那种沉重的专注中解脱，你的脸就会洋溢出一种暖洋洋的活力来。

"第一次约会的时候，你不是一下子就听出了我在听的东西嘛……"

"嗯，算是吧。"

"那你知道那天听的曲子叫什么吗？"

你的眼睛左右闪动一下，笑了，伸手推了一下我的肩膀，"是巧合吗？"

"不，"我心里仍很紧张，"那次在分享会上见到你，不知为什么，一瞬间脑海里就回荡起了我少年时最喜欢的一首曲子，德彪西的《棕发少女》。所以正式去见你的时候，我就选了它听，因为，那总会让我想起你。"

你更加乐不可支，棕色的短发随之伶俐地摆动起来，凑近我的脸颊，你把我的脸扳过来，注视着我，一字一顿地说："那么，我要对你施加一个咒语。"

"什么?"

你伸手盖上我的头发。"从现在起，直到世界的尽头，只要你存在一天，"你的手从头发上缓缓移动下来，靠近我的额头，"只要你想到这首曲子，你都会想起我。"在说最后一个字的时候，你忽然伸出食指在我额头中间深深一点，"这，就是我的咒语。"

直升机呼啸着离开，很快就融入天空的蓝色里，一点也看不见了。

Neo 走在前方，他的助手走在我们旁边，这时谁也不说话，上午的太阳把我们的影子印在雪山上，显得极为漆黑。只有我们鲜艳的防寒服，像是闯入严肃布景的不速之客，与这里洁白的岑寂那么格格不入。

通过一个很陡的冰雪坡时，Neo 和鲁不断地用冰锥固定位置，然后用冰镐整平道路，我和另外两人跟在后面。他们身后是一行行猫爪似的脚印，那是装备在高山靴上的冰爪留下的，它用轻硬金属制成，防滑效果非常棒。

正在我想着这些无聊的事情的时候，我旁边的一个队员忽然失手了。他没能注意到斜坡上一个极滑的冰面，侧身摔了下去，被安全绳挂着，悬在半空。

"打钢锥！继续打钢锥！"Neo 大声对另一个向导喊，他让我们分散成稳定队形，然后他绕过我，伸出手拽绳子，我们几个人又从后面拽住他。费了好大力气，终于将这个队员带了上来。

"情况有变，今天不能冲顶了。"这是惊魂未定时，Neo 的第一句话。

"为什么？"我们都很惊奇。

"刚才已经浪费了大量的体力，加上可能的高原反应，强行冲顶会死在上面。"

Neo 的话似乎不容置疑，许久，鲁说了一句："我和谭都是军人出身，体质很好，是否可以试一下？"

"不行，这不是体质的问题。"Neo 一口回绝。

我和鲁都被噎得够呛。对视一眼，再也无话。又向上攀了几十米，勉强度过斜坡，找到一个相对安全的地方，支起了帐篷。

只待下一个天明。

和你认识一个月后，我才多少有点了解你的工作——由于近年来局部战争不断，国家组织了许多科学人员入伍。在入伍前后，也要继续进行课题研究。这项工作令你非常疲惫，于是你在闲时加入了互助分享会，与一群陌生人分享你的一些压力。

如果不是如此，我也许永远没有机会认识你。

"其实我一直觉得你很厉害。"有次我忍不住说。

"哪里厉害啊？"你就微笑着看我。

"这么年轻，就为国家出力啦。可是，你马上要去军队了。"

气氛黯然下来，你低下头，"我出身于军人世家，如今又是危急之际，我不得不如此。"

"别担心，你也只是换了个地方继续你的科学研究，"我拍拍她的后背，"而且我们很快又能常常见面的。"

"对了，我记得你很喜欢听音乐吧。"你转移了话题。

"是。"

"想过一种新的玩法吗？"

"玩法？音乐还能怎么玩？"

"你一定听说过摩尔斯密电码吧。"你的笑意加深了。

"当然，不过，这种原始的密码现在都不用了啊。"

"我刚刚想到，可以用摩尔斯密码来表示音符，然后再用闪光反映出来。"你伸手在我额头点了一下，"喂，你可以试试将你喜欢的曲子都做这种转换啊！"

我不懂摩尔斯密码，但我可以给出各个音乐的简谱。于是这变成了我们约会的一个寻常的娱乐活动，我提到一首曲子，说简谱，你就将它的摩尔斯密码写下来。我们打开手机的发光设备，以手遮挡它来制造闪动的效果。我们乐此不疲，全然不顾周围人惊奇的目光。

我们在萤火虫公园里约会，你就忽然大笑起来，"看这些萤火虫，也在发射摩尔斯密电码呢。"

我看着它们在黑色的布景中旋转飞腾，像是一些梦的精灵。我忍不住伸出手来，在你后背上轻轻地敲了起来。

.. .-.. --- ...- . ..-

你的脸隐没在夜色中，但我知道你笑了。

和你在一起，好像其他的人，整个世界都消失了一样，只有你，陪在我身旁。

雪山的夜晚极度寒冷，即使躺在厚实的帐篷里厚实的睡袋中，旁边就是暖炉，依然觉得寒气逼人。鲁的睡袋在我旁边，他睁着眼睛看着帐篷的一角，不知道在想什么。

"这些年，你过得怎么样？"

"马马虎虎。不过幸好有了家庭，算是有了归属吧，"鲁似乎不愿多说，"你呢？"

"不知道。我好像变得比之前更加懒散了。"

"懒散还会来接这种任务？"

"因为，我想退休了。"我说的是实话。做完这次任务，我就可以再次获得授勋，再升一级，获得更高的退休金，基本可以保证我这个几乎不怎么出门的人平安度过后半生。而且，基地的日子，也实在太单调了。

"你可曾想过，基地是为何存在？"

"当然是战时的据点啊。虽然现在是休战时期，不过敌人随时攻击我们也说不定。"

"那为何基地要建在雪山脚底，对面还有一个几乎跟雪山一样高的巨塔呢？"

"为了隐蔽吧？而且发射塔应该是为了接受原镜系统的信息的。上次战争后，各国都在修建高塔嘛。"

"不，其实不是这样。"鲁说的很确定，他一定知道些什么，"你想过没有，其实基地更像个囚牢。"

?！

"你什么意思？是在说其实我只是囚犯吗？那我们大家岂不都是囚犯？"

"你在基地多久了？"

"十多年。"

"清醒的日子呢？你不是说你总是冬眠？"

"可能只有两三年。"

"那就对了，你这样几乎没获得什么军功的士兵，为何要一而再再而三地冬眠呢？"

他这样说，我忽然觉得恐惧，但很快平复下来，"我得了战后综合征，冬眠是种治疗，这也是没办法的事。"

"那，你来基地之前的事，你有多久没回想了？你确信自己保有那时的记忆吗？"

鲁一直盯着那个帐篷的边角。幸好如此。我恐惧在他眼睛里看到我自己的恐惧。

你只给我传回过一封信。

入伍以后，你就像消失了一般。所有的通信都被隔绝了。我当然知道这是军队的正常规定，然而仍免不了担心。正在我为你心焦的时候，接到了这封信。

展信佳。

这里没有手机，没有网络，索性我也不再登录那些无聊的设备，只拿出纸笔给你写信。这么原始的做法，在我身处的冷酷的军营里，是非常浪漫的。

我思念你，也知你思念我。我们两个就像在地球的两头，但地球是圆的，也就是说，无论往哪个方向走，我都能离你更近一点。

写到这忽然觉得好肉麻。可认识你以前，我都不知道女孩子其实是可以撒娇的。

我依然是倔强、固执的人，坚持的事情一定要做到底。

祝我好运吧。

也没有落款，但当然是你。我很高兴，当即决定回信，又想更浪漫一些，就买了笔墨纸砚，想用这种最古老的方式讨你开心。我写了很多话，又怕你嫌我唠叨，翻来覆去，左右觉得不妥，到最后只写了几句话，却重复写了几十遍"我想你"。

满怀欣喜地寄出，我那时还不知道，就在我将带着墨香的纸投入邮筒的时候，邻国的军队正驶进我们的海湾。

第二天，明明早上还风和日丽，可在我们攀登了一百多米后，阴云火速降临。

昨天就不应该停下来。我在心中有点埋怨 Neo。

高原雪山上空的云层是十分壮丽的，你会相信这些云就是有实体，他们绝对是可以攀援的东西，它铅灰色的表面让人感到，它说不定是硬的，比我们手中的铲子还硬。大片云层移动过来，是比人类所见任何高山都更夸张的庞然大物。天空太开阔，几乎是球形表面，倒映在我们毫不起眼的眼睛里，像用渺小去承载伟大。

不过此刻却没有欣赏风景的闲情逸致，我们得快速找到新的地方躲避。

但给我们的时间不多了。这次的风暴比想象的还大，我们会面临缺氧的危险。

可这次出事的却是 Neo 和他的助手。为了防止缺氧，助手去掏氧气瓶，就是这一瞬间，一些被风暴吹起的雪袭向他的护目镜，视线被遮挡，一下子滑落下去。Neo 为了救他，想用上次的方法，可这次是在狂风中，他的安全绳又与助手绑得最近，所以也被带了下去。

我、鲁和另一个队友，此刻悬着 Neo 和助手的命。

Neo 努力想回到陡崖上，可风总是把他吹开，最后他看着我们，做出了一个割断绳子的手势。

我们仍不放弃，仍在用力拉安全绳，可是 Neo 的身形太大——他太重了。试了几次，风暴也越来越大，我们几乎都要掉下去。

Neo 忽然脱掉了防护手套，这使他的动作方便很多，他从背后拿出冰锥，用它锐利的表面，一下一下划着绳子。

"不！Neo！一定有办法！"我们焦急地大喊起来。然而这个汉子非常坚决。

绳子断了。

我们注视着 Neo 和他的助手掉了下去。他们鲜艳的防寒服彻底被白色风雪掩埋了。

"啊！！"

我忍不住发出一声怒吼，感到头痛欲裂。这时我却看到鲁反常地晃动着胳膊。我立即问道："你的手怎么了？"

鲁不说话，我忽然想起刚才我们奋力拽绳子时，鲁似乎发出一声痛苦的呻吟。

我摸到了他的手臂。

他骨折了，这是个坏消息。

可我们已不能停步，只好咬牙，继续向上攀登。

"宁做盛世犬，不做乱世人。"有一次你谈及未来的打算，忽然说了这句，透出一种与年龄不相称的沧桑。

"也别那么悲观，哪会真的发生战争？要是真的打仗了，我就把你藏在家里，不让出去。"我摸摸你的头，这次你不再躲开了。

"要是真能那样就好了。"每次我们谈到未来，你看起来都很茫然。我总乐观地认为不会打仗，你却过早地看清了你的命运。

你入伍后不久，那次小战争引发了局部战争，然后是停战，接着，恐怖分子参与进来，又是局部战争。没几年，因为许多集团各怀鬼胎，合纵连横，渐渐变成国与国的交战。国与国又联合成各色利益集团，终于，真正的大战爆发了。

人类终于还是走火了。枪不该递给孩子，他是一定要玩的。

战争很快陷入泥潭，有个发狂的小国竟动用了核弹。核弹摧毁了几个国家，其中有几个不理智的国家做出了玉石俱焚的报复行动，核战争差点全面开始，这让全体人类陷入恐惧，大国紧急叫停，全体休战。可最令人担心的事情还是来了。

核冬天。

核弹爆炸点燃的大火让浓烟迅速通过对流层，太阳将这些微小的粒子加热，推波助澜，送他们到达平流层，由于那里不会降水，因此这些灰尘将一直停在那里。空中的铅云似乎永远不会退散了，庄稼死了一茬一茬。文明，以远超人类想象的速度，进入最后的倒计时。

在这种情况下，各地更加混乱。新的起义不断爆发，一些无知的侵略者又不小心将核电站作为了攻击目标，这雪上加霜让核冬天的状况更加严重。

而我再也没有你的消息。

你明艳，美丽，深邃神秘，而我，懦弱，自卑，毫无行动力。你像梦一样来到我的生活中，然后战争又把梦叫醒了。

我四处流离，最后终于因为自己的计算机特长受雇于政府部门。身处那样的职业，我不止一次，通过各种办法搜集你的消息，可一无所获。

你消失了，而我还在。

我是不是被留下的那个人呢？

也不知是谁的主意，核冬天降临后，他们提议建设一个高大的发射塔，高度超过一千米，用这发射塔发射的一种特殊的激光直接驱散铅云，让阳光回来。这个想法疯狂而大胆，而且事实上这种塔起码要建几百个，才可能有一些效果。于是提案很快被否决了。

但是人们仍然从各个地方得知了传言，在靠近珠穆朗玛峰的一侧，有大批工程人员入住，那里聚集了全世界的精英们，似乎在做一项非常终极的任务。

我却不相信。

事到如今，还有什么终极的任务，可以挽回这一切呢？

可心中却忽然有了一个闪念——你，精通工程和物理的你，会不会就在这些精英中？

即使只有一丝希望，我也要去找找看。

自君别后，迩来十有余年矣。

还有最后的两百米。

本以为是手到擒来的任务，竟然牺牲了这么多人，而胜利，似乎还遥遥无期。

峰顶真的有"归墟"吗？那时的人类建造的计算机，会是什么形态呢？跟今人的一样笨拙庞大吗？

"鲁，我今天要告诉你一个坏消息。"

"什么？"

"我们虽然随身带着各自的装备，但是多余的那些氧气瓶……已经掉下去了。"我不忍再说。

"也就是说，只有一个人可以登顶了？"鲁不愧是职业军人，立即明白了我的意思。

"看来是这样，我们中必须要有两个人留在这里休息，这样也更安全些。"其实在这里等待，更加可怕——若是再来一场风暴，而氧气瓶都给了登顶的队友，那结果可想而知。

"好，你去。"鲁说。

"是的，谭，现在这里你的身体状况最适合了。"另一个队友也说。在第一天的攀登中，他由于失足掉下去过，心肺功能一直不稳定。

我看了看鲁刚刚包扎固定的手臂，我知道，懒散的我，这次必须硬朗一回了。

我果然没有找到你。拿出你的照片——棕色头发的你。

漂亮的你。还是少女时期的你。可没人认识。我神经质而徒劳，在末日恢宏的背景下，冲进茫茫雪山，无望地寻找我消失多年的爱人。

但是，我却看到那个东西建起来了。

初始很慢。我看到一些人在挖地基，非常非常深的地基。我曾很担心会引发地震，毕竟这里是板块结合处。但不知为何，只有两次小风波——反而验证了这东西的确坚不可摧。你们进展缓慢，光建设地基就用了五个月——其实是三支工程队轮班进行，真正的夜以继日。谁也不知道你们在建什么。直到——一年后，你们的东西建到了地面，建到半空，我们看到了，那是塔——极高极高的塔。

谁也不知道建塔有什么用，但谁都看得见它。五百米，一千米，一千五百米。

顶端几乎看不见了，塔身薄如蝉翼。

两千米。

一座尖细的人造山峰。

三千米。

这已经不是常人所能接受和理解的了。在高塔的建设过程中，世界人口也渐渐减半了。

各地都在做各种拯救措施，然而于事无补。这个星球已经接近毁灭的边缘。没有办法修补。再也不能了。

五千米。

奇怪的是，几乎没有谁来干涉高塔的建设。或许这其中显示的科技，已经足够震撼人心。或许人们有个心照不宣的想法——这违反常理的高塔，或许与人类最后的存亡有关。

六千米。

我想起你同我说过的咒语。你说，人的语言是有魔力的。你说出的事情可能会变成真的。我后来仔细回想你曾说过的所有话，发现它们真的都成真了。

八千米。

这几乎要与珠穆朗玛峰，这世界最高山峰比肩了。人类历史上从未建过这么高的建筑物，当然，除了《圣经》里提到的那次。然后就在这里，高塔的建设停了下来。因为飞机飞不到那个高度了。

高塔的振幅很大，远处看就会发现它一直在抖动，更大尺度看，它就像个跳动的秒针。直指天空。

而我没能找到你。

可高塔的建设者们，却找到了我。

"您是苏芳菲小姐的男朋友，我们得知，您一直在找她。"

这是我第一次，从别人口中听到你的名字。我激动地站了起来，"她在哪儿？"

"您跟我们来，就知道了。"

我进入了那个基地。他们详细跟我说明了他们的计划——一个可悲的计划，但别无选择。他们准备将超级计算机的元件移植到一个人类头脑中。简单来说，他们要牺牲一个人，来做这个承载者。

"请您仔细考虑，要不要做这个牺牲者。因为他将被送入雪山，进行漫长的冬眠。如此才能使其躲开地面核辐射的侵扰。您一定要非常心甘情愿才可以，否则，这个项目无法成功。"

"人类怎么能做计算机的元件？"

"人的体内有三十亿个原子，足够将一切记录。"

"超级计算机，用来储存什么？"

"记忆。"

"什么？"

我没听明白。什么记忆？

"你的记忆，我们的记忆。我们整个人类的记忆。"这个接待我的老人眼中忽然泛起了泪花，"地球变成如今的样子，没有人知道，我们还能支持多久。与其坐待死亡，不如留下些什么，让后人可以见识到，我们曾经创造了多么恢宏壮丽的文明，又是如何将这个文明亲手毁掉的。"

"可，未来会有人类吗？"

"我听说他们已经在进行胚胎冷冻计划，一到合适的时机，人类就可以重新回到熟悉的家园，继续繁衍生息。这是我们的种子，而你，"他银白色的头发下，是一双灰色的，明亮的眼睛，"是一枚寄往未来的时间胶囊。"

我大受感动。

"可你们为何要用人类来做超级计算机的存储设备？他远远比不上金属坚韧，说实话，可能是最不容易保存的计算机了。"

"因为，"老人说，"人类有意识，而无论多么设计精巧的金属设备，都是无意识的。"

我忽然想起你曾与我讨论的，机器是否有意识的问题。

蓦然明白了，你当时为何沉默。

"也就是说，有意识的人类计算机，不会被其他势力所掌控……"

老人冲我点点头，"这也就避免了未来的人们利用这计算机里记录的文明精华，做出可怖的事情来……我对人类早就失去了信任，只要有一丝可能，即使历史重来一遍，人类还是会为此争得头破血流。"

"这个提议的设计者，是她吗?"沉默了一会儿，我问道。

"她是我们的骄傲。"

可你不是我的骄傲，你是我最柔软的秘密。

登顶的过程因为孤独变得非常缓慢。我听到自己的呼吸声，非常沉重。氧气瓶用掉了好几个，我身上不仅背负着完成任务的信念，还有伙伴们的性命。

长久的跋涉会给人带来一种奇异的感觉。天地之间，只有我一个人。往上是极蓝的天，脚下是极白的雪。这令人不禁对自己的存在产生怀疑——我到底是谁?

我的父母呢？不，不记得。我有过爱人吗？好像并没有。我的朋友？别动队的人算吗？我有个老师，他把这任务交给了我，可，他是教什么的来着？怎么跑到战略部去了？

这一切到底是怎么回事，峰顶有什么等着我？为什么要派我这个没有登山经验的人登顶？我的身上，曾发生过一些事吗？

氧气一点点消耗殆尽。只剩一个斜坡了。我奋力爬上去，然后瘫坐在地上，大口喘气。我的时间不多。我很冷，然而背上一片虚汗。我想象它们将冻成冰块儿，将我的皮肤封住。奇怪，为何这个场景，像是冬眠之前会想到的呢？而在冬眠之前，我都经历了什么呢？

不行，我不能再胡思乱想。人们说，在大脑缺氧时会出现一些幻觉。我集中精神，站起身来。这时候，我看到了那个凸起的石碑状的东西。

"归墟"——

我找到你了。

我全身浸泡在淡红色液体中，感到身体正在失水。他们说，等一切结束，我就会像沉入一场长久的睡眠那样，只不过我再次醒来，不知道是什么时候了。

接下来的几天，我仍在这液体中泡着，许多电线插进我的身体。可我却丝毫不觉得害怕。

如果这是你的想法，那我心甘情愿。

也不知道过了多久，我总是时醒时睡，监测我生命体征的护士也不敢同我说话。当然，我也一个字都说不出来了。

但这时，我的神经与电流的融合很充分了，我仔细琢磨了方法，还是想到了与外界沟通的途径。我会入侵那个监测员的电脑，在屏幕上显示几个字。这引起了大批科学家的兴趣。他们想让人类作为计算机的形态生存，没想到这个人类完成得这样好。

只是除了科学家之外，很少有人愿意停在这间屋子里——我看起来实在太惨了。

偶尔的，我会和那个老人交谈。

不知道他们用了什么办法，我还有自己的视力。这时我忽然想到了年少时听过的一个思想实验——"缸中之脑"，也不免自嘲地想着，我这是缸中之躯。

"我想得到关于苏芳菲的一些资料。"这些天来，我无时无刻不在想你，却无比害怕听到你的消息。

老人在显示器前，非常踟蹰。最后，像下定决心那般说："她死了。我很遗憾。"

虽然早就知道会是这个结果，听到的时候，我还是感觉心脏一顿，一片涂炭。可惜此刻我的心脏上连接着密密麻麻的导线。神经传导出再浓重的悲伤，也不过是冰冷的电子信号罢了。

"我很抱歉。但是，"老人继续说，"我觉得你有权利知道这个。确切地说，她是为了整个人类的文明死的。她提出了这个计划，一开始是想用自己作为储存器。但是在实验中，我们失败了。她最后只残存了一点记忆保存在一个硬盘里，我们按照她的遗愿，找到了你。"

"而她的失败，却给了我们宝贵的数据，使得我们进展神速。于是找到了你，作为最后一步……"

"您觉得残酷吗？"

"恕我直言，并不。毕竟，我们都快死了，而你，却可以带着我们的希望，继续活下去。你下次苏醒是什么时候，谁也不知道，不过，那时，一定已经是新的文明了。"

"我将如她所愿。"

"你知道我们为何要建造那座高塔吗？"

"为什么？"

"在她死后，我们发现了她的日记——是手写的。幸好如此，因为许多存储在硬盘里的文件都在上次的中子弹辐射中被损毁了。"

"在我们原本的计划中，我们想开发一个有自主意识的机器，可慢慢也都明白这是不可能的任务，于是苏芳菲小姐提出将人改造成计算机。这个想法很大胆，但她的设计看起来又无懈可击。我们就开始商讨第二步计划，即如何安置计算机的问题。我提出放置在世界最高峰的峰顶，那里绝对安全，而且远离辐射区。即使以后再发生战争，也没人能打到那里去。而等新的文明能登上峰顶的时候，也正说明他们的文明已经发展到一定的程度，有能力了解我们的文明，我们的辛苦才不会白费。可是，由于印度板块和亚欧板块的运动，珠穆朗玛峰每年都在升高，万一，未来的人类放弃对它的攀登，那我们的一切岂不是永远要滞留在这山顶了吗？

"苏芳菲小姐此时提出建一座高塔，作为一个纪念碑似的存在，提醒未来的人们去攀登这座比高塔还高的山峰，也提示那些后人们，地球上，曾有这样一个文明。

"我们开始着手工作，可她却因实验事故死去了。幸而，这时候我们发现了她的日记。原来在那座高塔里，还存在着只有你们两个才知道的秘密。我们研究决定，将这个秘密，作为你启动的密钥。因那是她的一个咒语。对你的咒语。"

如果我此刻能流泪，一定早已哭得泣不成声，像个该死的娘娘腔。可我一动也不能动。我的眼睛可以看到周围的一切，然而一切都像个空洞。

"其实启动密钥的方法很多，但都因为保存时间不够长，或者容易被辐射损毁等原因而被否决了。最后我们还是决定按照苏芳菲小姐的方法来。这个密钥有个最大的特点，一定要你自己意识到密钥的存在，才能由此全面开启你的机能。这个触发事件中，最重要的是你的意识。"

"不，"我在屏幕上缓缓打出这行字，"重要的是我的心。"

这是一个玻璃器皿，厚实的冰雪覆盖了它。我用冰锥敲碎冰块，又铲下许多雪块。然后用尽全身力气，撬开了它的外罩。

不，里面却不是什么计算机。

里面什么也没有。

我注视着一片空荡，感觉自己像是遗忘了什么很重要的事那般惆怅。

那是什么呢？我们付出了两个同伴的生命，最终只得到了这个吗？

我靠着这个棺椁一样的东西颓然坐下，望着远方。

我觉得不对劲儿。

什么东西，在远处发光呢？

我站起身来，看到了远处的高塔。

这个发射塔，我一来基地时就在那里。不，我们的历史刚刚开始的时候，它就在那里。有人说，其实这个塔已经伫立三万年了。

在漫长的三万年里，连我此刻身处的珠穆朗玛峰都升高了将近一千米。沧海桑田，不过如此。在地质宏大的刻度上，人类多么微不足道。

不对，为何塔顶一直发出闪光呢？

我注视着那些闪光，像是看到一只萤火虫，在天地间孤单地飞着，永远没有落脚处。

短短——长——短长……

"—— ..——— .———— .———— ...—— ..——— .....——"

我的心中忽然响起一个轻柔的音乐。我此前从未听到过。这曲子是如此陌生，却熟悉得令我胸口发疼。我感到极度的眩晕，直至跪倒在地上。

曲子的声音越来越大，回荡在我的整个身体中。记忆真像潮水一般，从神经的末端开始苏醒，带着奔流了万年的疲惫，回到我的胸腔。

我独自一人，站在这个世界的最高点，面对着闪光的高塔，在那无比熟悉、也让我无比悲伤的音乐中，回忆起了草长莺飞的原野，千帆相竞的海洋，回忆起高楼林立的城市，回忆起我曾生活过的每一个地方，我回忆起那些宝贵的建筑图纸，那些精密的仪器样貌，回忆起人类每一次智慧的闪光，回忆起达芬奇、梵高画作上的每一个纹理，回忆起巴赫、贝多芬不朽的交响。

无数的信息正在启动，我几乎回忆起了一切。

只要我能将这个文明全部回想起来，那么这个文明就能全部存在。

是你。

你下了一个咒语。往昔岁月，因此全部追回。

我们的生命如此卑微，可这微不足道的生命，却创造了无比辉煌的历史，毁灭一次，又重生。

只有这个发射塔，在三万年间屹立不动，向轮回后的新世界，昭示着旧时代的傲慢和伟大。

你说得对，语言是一种咒语，当那个触发机关启动，我脑海中的反馈依然深刻清晰，崭新如初见。即使已经过去三万年，你我曾经共属的文明早就销声匿迹。可只要那熟悉的乐声响起，我就能回忆起那个夏日斑驳的午后，拥有一头棕色头发的少女伏在桌前，为我读书。

我就能想起那些温柔而闪光的日子。

想起你。